LO ÚNICO QUE IMPORTA ES EL VERANO

LARGO RECORRIDO, 211

Francesco Pecoraro

LO ÚNICO QUE IMPORTA ES EL VERANO

TRADUCCIÓN DE CARMEN TORRES GARCÍA

EDITORIAL PERIFÉRICA

PRIMERA EDICIÓN: junio de 2025
TÍTULO ORIGINAL: *Solo vera è l'estate*

La traducción de este libro ha recibido una ayuda del Centro para el libro y la lectura del Ministerio de Cultura italiano.

CENTRO
PER IL LIBRO
E LA LETTURA

info@editorialperiferica.com
www.editorialperiferica.com

ISBN: 978-84-10171-51-0
DEPÓSITO LEGAL: CC-101-2025
IMPRESIÓN: Kadmos
IMPRESO EN ESPAÑA – PRINTED IN SPAIN

Para Antonio

ENZO

Por norma general, la vida en este planeta subsiste en el pequeño intervalo de temperatura en el que el agua se encuentra en estado líquido, entre la ebullición y el congelamiento. Sin embargo, para el ser humano, el margen de supervivencia es más estrecho, de unos cincuenta grados centígrados sobre cero y unos treinta bajo cero, o quizá menos, seguramente menos, mientras que el confort, es decir, el bienestar, sólo se da entre los quince y los veinticinco grados. Por debajo de los quince, pasamos frío; por encima de los veinticinco, tenemos calor. En cuanto a la humedad, es preferible que el porcentaje sea de entre el 45 % y el 75 %. ¿Y por qué esto es así? Pues no se sabe.

Lo que sí se sabe es que, por estos lares, cuando, en julio, llega el anticiclón de las Azores, los católicos mediterráneos nos vemos envueltos en una especie de burbuja de altas presiones, una inmensa bolsa de aire caliente e inamovible que nos aísla de las corrientes septentrionales, esas que arrastran las nubes a toda velocidad por los cielos del norte, allá donde Europa es distinta, verde y moral, sigue llena de ciervos y de protestantes, y está salpicada de crucificados del siglo XVI, ulcerados y sufrientes hasta el límite de la concepción real del dolor que nosotros negamos tan ricamente. Es por eso por lo que, aprisionados en nuestras trampas climático-culturales y en un intento de defendernos de esa manta de calor, no nos queda otra que exponernos a los débiles aires vespertinos, encerrarnos en lugares climatizados o, mejor aún, buscar el mar, dirigirnos al mar, quedarnos el máximo tiempo posible metidos en remojo y al alcance de la brisa de la orilla, a la espera de que la bolsa de las altas presiones explote y se lleve consigo el verano.

En efecto, de eso es de lo que estamos hablando, del verano, o sea, de esa estación que para nosotros define nuestra identidad, la única por la que los catomediterráneos consideran que merece la pena vivir, aunque sea sufriendo, con un sufrimiento que, sin embargo, también es placer. Placer por el calor, el sudor, las bermudas y las chanclas, el agotamiento y las siestas meridianas, las tardes largas, en la calle, sentados en mesas de bares y restaurantes, en plazas y plazoletas que en esta estación se nos antojan acogedoras, íntimas y habitables, con sus tiendas cerradas, sus voces y las carcajadas de sus mujeres.

Hoy hemos llegado casi al límite térmico superior, si bien, gracias a los complicados mecanismos de termorregulación de los que estamos dotados, casi todos hemos logrado sobrevivir también a esta jornada. No obstante, como suele pasar, hay quien no lo ha conseguido: algunos ancianos, faltos de aire acondicionado o incapaces de encenderlo y de regularlo, han entrado en hipertermia y han muerto.

A primera hora de la tarde habremos rondado los treinta y cinco grados. Humedad en torno al 70 %. Un infierno. Los aires acondicionados de las tiendas que dan a la calle llevan todo el día derramando riachuelos de condensación en las aceras de esta gran ciudad, antigua y periférica, y esos charquitos ya empiezan a mostrar unos bordes de algas muy verdes y como alienígenas que no tienen buena pinta. Se trata de agua destilada procedente de los cuerpos humanos presentes en los locales climatizados, agua que, tras beberla, han sudado y transpirado, que se ha evaporado en el aire, que luego ha sido capturada y transformada de nuevo en su forma líquida y pura, y que ha terminado vertida en el asfalto, donde vuelve a contaminarse y a tornarse verde. Eso es lo que pienso de esa agua.

Hoy, 20 de julio del año 2001 de nuestra era, fecha nefasta y perdida ya en el tiempo, si bien, después de tantos años, sigue operativa en el plano histórico, como todo lo que ocurre o se hace que ocurra; como decía, hoy hace mucho calor en la Península, tanto en Génova como en Roma. Hace un mes que se instauró el Gobierno de Berlusconi II, que, pese a todo, está resultando el más largo de la historia de la República y el que más ha influido en la mentalidad y en el futuro del País.

Enzo a lo mejor prestaría alguna atención a Berlusconi II de no ser por las mil cosas que lo tienen ocupado o distraído. Pocas son esenciales para sus ambiciones y para su subsistencia; muchas son las demás, las que pululan por Internet, que está en fase de rapidísima expansión y que ya es capaz de sustituir casi todo aquello que existe en las tres dimensiones, a lo que confiere una cuarta, la cibernética, la forma de existencia platónica de las cosas, de las personas, de las ideas y de la inmensa cantidad de chorradas que el ser humano es capaz de producir y que se van mezclando a toda velocidad en el ciberespacio hasta regalarnos, después de veinte años, la inextricable dimensión físico-mental del presente.

Durante estos años se han ido forjando grandes cosas y han ido muriendo muchas otras, entre ellas la civilización burguesa, que guio la democracia italiana desde la posguerra hasta el final del siglo XX. Dentro de dos meses, el mundo se verá sacudido por algo todavía más grande, de lo que se derivará la segunda guerra de Irak, además de Afganistán,

Irán, Siria, Guantánamo, el ISIS, Londres, Atocha, Charlie Hebdo, Bataclan, y cientos de bombardeos, y miles de misiles, y de atentados, atrocidades, muertos, heridos, degollamientos, decapitaciones y migraciones en masa, en una cadena de conflictos que aún perdura y que resulta difícil no incluir en los libros que se están escribiendo en la actualidad, aunque, de todos modos, muchos se quedan fuera. Entre las últimas cosas que produjo la civilización burguesa del siglo XX hasta el 20 de julio de 2001 está el movimiento antiglobalización. Éste precisa de un estudio en profundidad para entender qué incluye, pero, a primera vista, podemos decir que contiene elementos de análisis del presente reunidos según una base ideológica con cierta coherencia de datos. En julio de 2001, tras la Conferencia Ministerial de Seattle de 1999 y de los enfrentamientos que siguieron, el pensamiento antiglobalización goza de cierto grado de aceptación entre las masas, y no sólo entre las más jóvenes.

Como siempre ocurre en estos casos, a los jóvenes les seduce más el carácter *cool* del movimiento que el hecho de ser más o menos conscientes de los problemas mundiales que acarrea la nueva fase de un capitalismo en perenne reestructuración. En la vida de los jóvenes de los siglos XX y XXI, nada ha sido más importante que la repercusión gregaria de ser *cool*, o de ser considerado como tal en el círculo político y subcultural de pertenencia. En contraste con la fuerza supranacional del capitalismo –origen, sin embargo, de situaciones fascinantes, como la movilidad mundial, la lengua franca del Imperio y el aumento exponencial de la conectividad–, los antiglobalización son pacifistas, ecologistas y partidarios del desarrollo *sostenible* (palabra que lleva en uso desde hace años), proponen un consumo responsable y un decrecimiento feliz, son antiprohibicionistas y contrarios a la alta velocidad ferroviaria –cuya máxima representación en Italia es la línea Turín-Lyon–, pero no al aumento exponencial de los viajes en avión, de cuyo enorme despilfarro de energía no se tendrá conciencia hasta una década después.

Desde el jueves 19 de julio, una gran confluencia de personas, definidas ya de forma general como antiglobalización, se está concentrando en Génova para manifestarse contra el G8, en el que ven lo que en realidad es: un lugar de coordinación de la política internacional y de quienes parten el bacalao; en definitiva, el gran capital económico. No hacen falta pruebas que ratifiquen esta afirmación. Los antiglobalización lo saben. Todo el mundo lo sabe.

Sin embargo, el Gobierno de Berlusconi II necesita demostrar que tiene la situación controlada y que puede erradicar el movimiento desde su origen no tanto porque lo considere peligroso, sino para que quede claro quién está al mando. Para llevar a cabo esta tarea, están el vicepresidente del Consejo de Ministros, Gianfranco Fini, presente esos días en Génova; el ministro del Interior, Giuseppe Pisanu, y carabineros y otras fuerzas del orden, a quienes la sensación de impunidad inducida por el ambiente de derecha neofascista que se respira en los cuarteles, donde los agentes llevan ya varios meses saludándose abiertamente con el brazo alzado y la mano tendida, alienta a actuar. Contar la Historia tal y como la estoy contando tiene el mero objetivo de evocar cierto clima, cierto calentamiento de la sangre, y de poner de relieve la increíble violencia del Estado, cuyos auténticos responsables nunca llegaron a recibir castigo.

Hoy también ha hecho mucho calor en Génova y, mientras el Estado muestra a cientos de miles de manifestantes su cara más tremenda, estúpida y feroz, Enzo está trabajando.

Cuando no usa el ordenador de sobremesa –QuarkXPress para paginar y FreeHand para el diseño gráfico vectorial– o cuando hace bocetos a mano en papel, cosa que prefiere, suele tener la radio encendida. Sin embargo, hoy se ha pasado toda la tarde en el ordenador, y éste requiere la máxima concentración, una concentración estúpida, que quizá no sea más que atención extrema y que sólo tolera una música determinada, sosegada, mejor si es de cámara, mejor si es dieciochesca, o bien música ambiental, mejor si es de Brian Eno, eso mola.

Para Enzo es así. Es su forma de trabajar, superconcentrado, hasta que el cansancio lo arranca de golpe del ordenador a última hora de la tarde. Por tanto, no le han llegado las noticias del G8 de Génova, del que no sabe mucho, ni de la marcha de los antiglobalización, con quienes comparte algunas tesis, aunque no todas. En realidad, no conoce todas las tesis de los antiglobalización porque nadie las conoce. Enzo siente que hay algo embriagador en el gran cambio que se está viviendo a escala mundial, en la velocidad con la que se desarrollan los ordenadores y los programas que necesita para trabajar, en la expansión y la creciente eficiencia de Internet, en la comunicación instantánea y sin límites virtuales. Todo esto le genera un sentimiento de conformismo secreto, oculto bajo el inconformismo que oficialmente comparte con sus coetáneos.

De acuerdo, piensa, estamos a merced del capital globalizado, nos estamos cargando el planeta, pero yo me planto en Milán en cuatro horas mal contadas, vuelo a Londres con Go por doscientas mil liras, voy a Berlín cuando me viene en gana, trabajo con programas de diseño gráfico cada vez mejores; no sé qué es exactamente, si será cosa de Internet, pero la conexión es cada vez más fiable; están los foros, los chats y demás; son cosas nuevas, nunca vistas.

No lo dice abiertamente, pero la creciente cultura global le gusta, le resulta interesante: todos hablan con todos, hay excitación, una especie de euforia, se intuye la revolución, se lanzan hipótesis sobre el desarrollo informático y la vida digital que está por llegar. Sí, bueno, está el avance salvaje del capitalismo, existe explotación y hambre en el mundo, pero la agitación le gusta; total, hambre en el mundo siempre habrá. Enzo cree estar clara y abiertamente en contra, pero no siente la necesidad de reconocer que, en el fondo, está a favor, porque, si te está gustando el mundo que está por llegar, pero odias a los que lo están construyendo, es decir, al capitalismo financiero y a la multinacional imbatible y deslocalizadora, debes admitir que tienes un problema, que te contradices y que convives con esa contradicción prácticamente desde que montabas follones políticos en el instituto de secundaria Mamiani.

Sin embargo Enzo, y aquéllos como Enzo, son incapaces de reconocerlo. Su precaria situación laboral, a medio camino entre la profesión sacrificada pero liberal y la prestación asalariada –colaborador estable en un nuevo estudio de diseño gráfico al que factura por meses–, y un oficio de futuro incierto que, en lo técnico, evoluciona muy rápido, pero en el que es difícil abrirse camino y en el que abrirse camino significa ganar lo suficiente para vivir, todo ello se ve recompensado por la euforia ante una realidad que cambia constantemente a su alrededor y que se expande a lo largo y ancho del vasto mundo, un mundo que por supuesto lo ignora, pero que él contempla extasiado como si de una gran promesa se tratara, una promesa enorme e indefinida llena de novedades, y más novedades, y más aún hasta el fin de los tiempos.

Son las 17.27. El Nokia vibra en su reducido espacio de trabajo, y sigue vibrando y desplazándose hacia el borde de la mesa. De mala gana, Enzo aparta su hechizada mirada de la pantalla del ordenador para fijarla en la del móvil. Es Giacomo. Se gira de nuevo hacia el ordenador y mientras lo hace dice: Hey.

Desde el otro extremo suena un ¿Enzo? A continuación, una voz lenta y relajada dice: ¿Qué haces? ¿Todavía estás trabajando? Son las cinco y media y hay expectativas. Lo dice justo así: Hay expectativas. No todo está perdido para esta noche. ¿Te has enterado del follón que se ha montado en Génova? Van a darnos leña, añade, como si estuviera allí. Giacomo se cree informado, pero él tampoco sabe si es o no un antiglobalización. Enzo diría que no lo es, pero utiliza el *nos* por sentido de solidaridad con los que están manifestándose en Génova contra la Zona Roja. Enzo le pregunta por las últimas noticias y por la fuente. Giacomo le cuenta que ha hablado por teléfono con su amigo Dario, que está allí y que dice que la policía está desatada. Que los están masacrando y que nadie mueve un dedo por ellos. Que te revientan la cabeza aunque no estés haciendo nada, da igual que tengas setenta años o que seas monja, aunque a lo mejor exagera, a lo mejor a las monjas no las linchan, pero a los demás sí.

Pero ¿por qué? ¿Es que las monjas son antiglobalización?, pregunta Enzo.

Pues claro, y los monjes, también, los de la cogulla y los budistas. Es un popurrí político donde cabe de todo.

¿Un qué?, dice Enzo.

Un popurrí, una mezcla de movimientos, de siglas, de gente extraña, cada uno de su padre y de su madre, muchos venidos de fuera, de Francia, de Inglaterra, de España, donde la antiglobalización está pegando fuerte. Dario me cuenta que hay momentos en que parece que está en la cantina de *La guerra de las galaxias*. En resumen, que les están dando leña de la buena y que, entre los manifestantes, hay algunos del bloque negro, de esos que van vestidos de negro, llevan pasamontañas y lo destrozan todo; nadie sabe quiénes son. Dario dice que son provocadores, que rompen escaparates para que los maderos tengan la excusa de cargar y linchar. Pero dice que no se entiende nada, que hay mucha gente y que es un follón monumental. Berlusconi no va a permitir que le agüen la fiesta y Fini tiene contactos fascistas en la policía. Esta noche mi prima celebra una fiesta en su casa.

¿Dónde?, le pregunta Enzo.

En Lavinio. Venga, vamos. Más calor que aquí no puede hacer.

Cuando le entró la llamada de Giacomo, Enzo estaba concentrado en la paginación de un libro infantil. Las ilustraciones son de una vieja ilustradora y están hechas al estilo anglosajón, es decir, con un trazo definido, y son bastante realistas, ricas en detalles, pero caligráficas: en resumen, no le gustan. Las admira por su pericia y su profesionalidad, pero no le agradan: destilan cierto regusto antiguo, mojigato, propio del siglo XIX al estilo Gorey. Odia admirar cosas que no le gustan. Le ocurre muy a menudo. Además, está hasta los cojones de libros infantiles, de tantos conejos, ositos y ocas con cofias, y de ratones ladinos. No puede con más niñas emprendedoras, críos boquiabiertos, monstruos, dragones, caballos al galope y demás. Los libros para los más pequeños, como por ejemplo los de Richard Scarry, le fastidian menos, los encuentra más concretos: no entiende por qué a los niños, es decir, a las mentes más lógicas del planeta, se les cuentan tantas trolas.

Hay que acostumbrarlos al pensamiento mágico que se tragarán de adultos, a toda esa sarta de chorradas, dice Giacomo. Te engatusan cuando eres pequeño para poder engatusarte cuando eres mayor, para poder mentirte sobre todo, o sobre casi todo.

Enzo se queda allí sentado, absorto en la desaprobación que siente por el trabajo precario que se ve obligado a realizar desde hace un par de años –pero que otros como él consideran incluso bueno y que pagarían por tener–, mientras la ciudad se va sumiendo en el silencio, como siempre ocurre a las cinco de la tarde de los viernes estivales. En el estudio ya no queda nadie, pero el aire acondicionado sigue encendido. Enzo continúa enganchado al ordenador: su concentrada mente es incapaz de desconectar de la pantalla y de los problemas mínimos, de los detalles que son su obsesión y la de aquellos diseñadores gráficos que aspiran a hacer bien su trabajo, y la de aquellos que quieren hacer bien su trabajo en general, independientemente del lugar y de la época en que se encuentren. Trabaja duro por poco dinero. Está convencido de que el trabajo duro lo hará bueno en lo suyo y que al final, como es *normal*, se lo reconocerán (error fatal) y esto le aportará fama, dinero y, sobre todo, otro trabajo, encargos prestigiosos, un estudio propio y colaboradores a los que les toquen los mismos marrones que ahora le tocan a él. Giacomo le dijo una vez que la única forma posible de hacer carrera es pasar de explotado a explotador.

Hoy Roma al completo, como decíamos, se ha ido a la playa. Enzo no tiene nada que hacer, ningún plan; la invitación de Giacomo le salvaría la noche y quizá el fin de semana entero, que hasta hace un instante se le antojaba abrasador y triste, un muermazo solitario delante del ordenador o de la tele, una serie de llamadas de teléfono en busca de alguien con quien salir, dos horas de aire acondicionado en el cine, solo o con amigos/amigas solitarios como él. Su historia con Clara está en punto muerto. Ya no se ven, ni se hablan, ni se tocan, ni se disfrutan. ¿Estará con otro? No lo sabe, pero en el estupor producido por el distanciamiento está convencido de que así es. Nada del otro mundo, imagina: un tío del montón, pero con el suficiente atractivo como para apartarla de él. Su vínculo, si es que puede llamarse así, se ha ido debilitando en el transcurso de unos pocos meses. Un alejamiento repentino, un no entenderse ya en nada. Ella también, al igual que Biba, estudió algo así como Economía o Derecho y, después de licenciarse, se sacó las oposiciones para un cargo directivo en el Ministerio de Hacienda (Prácticamente *eres una funcionaria*, ¿no? Sí, una funcionaria. ¿Qué pasa? ¿Te jode? He estudiado para dedicarme a esto y ahora es lo que hago), trabajo que la absorbe por completo y que está cambiando su forma de pensar o, como cree Enzo, está despertando su naturaleza de mujer práctica, con muchos *des*intereses, entre los cuales se encuentran todas las cosas que le gustan a Enzo y que él, hasta hace un año, creía que a ella también le gustaban. Y resulta que no. Pero no es tanto eso como que ha cambiado mucho, que ya no le presta atención; antes se tiraba las horas contándole cosas que a él ni le iban ni le venían, las típicas historias de oficina, las tareas que decía que le apasionaban. Y la admiración que siente por sus superiores, por lo que a ella le parece el éxito que han cosechado y por el éxito en sí, una admiración expresada con total placidez, sin las objeciones de Enzo, admirador también del éxito, aunque incapaz de reconocerlo ante sí mismo o ante los demás. Objeciones rancias cuyo carácter paleoideológico es el primero en admitir, pero que, al mismo tiempo, representan el único freno real del que dispone para contrarrestar el *Conformismo con Todo*, como lo llama Giacomo.

Biba ha seguido la misma trayectoria, pero mucho más incierta y crítica: ella es más interesante, es decir, más inteligente. Es más guapa, aunque ahora también anda medio perdida.

¿Clara se ha puesto del lado de los vencedores? Sí. Pero ¿vencedores de qué? De todo lo que hay y habrá en el siglo que acaba de empezar. Admiración inconsciente, desprecio de cara a la galería. Odia el arrobamiento que Clara profesa por el abolengo de la autoridad, aunque él, silenciosa y tristemente, bajo el velo cada vez más fino del antagonismo, también admira el poder, cualquier tipo de poder, y no tiene la más remota idea de cómo aferrarse a él sin aferrarse a él de manera oficial, es más, despreciándolo abiertamente. Odia verla salir del trabajo en traje de chaqueta y zapatos de tacón. Odia lo que le parece la transformación profunda de una persona a la que creía conocer y amar con otra vestimenta, mientras que la Clara de hoy no es más que la Clara de ayer al descubierto, o sea, la Clara que siempre ha sido: una chica inteligente, una ecologista hija de un empleado de ATAC, la empresa de transporte público de Roma y de una ama de casa, alguien que quiere un puesto en la vida después de haber descartado la idea de ser antiautoritaria, anticomunista, anticapitalista, anticonsumista y, por tanto, anárquica, aunque no del todo, es decir, que, al igual que muchos de sus coetáneos de los últimos años de la década de los ochenta y primeros de los noventa, alberga el deseo de diferenciarse de cuanto la rodea, aunque no haga más que seguir la tendencia ideológica de finales del siglo XX, que se difumina poco a poco en el Conformismo. Como Enzo, como todos.

Él lleva tiempo viéndose en secreto con Biba y tirándosela. Y ahora tiene la maníaca convicción de que Clara se tira a uno del Ministerio. Por tanto, todo ha terminado, todo ha desembocado en ese aturdimiento que produce el no saber bien, el no entender, que es la condición estándar del ser humano en la Tierra, aunque esto Enzo no lo sabe. O a lo mejor lo sabe, pero, como todos, finge que no lo sabe para no amargarse. Mientras tanto, las que para los coetáneos de Giacomo –becario de Filosofía Teorética en la facultad de Villa Mirafiori cuya carrera parece ya encarrilada– son preguntas confusas y contradicciones irresolubles, para él no son más que *trabajo*. La Verdad no tiene que ver con la filosofía, o al menos no con la de su mentor, que él cultiva y de la que en parte se ha convencido, filosofía por la que sólo existen la verdad científica y la verdad procesal: «Lo demás es palabrería», dice el catedrático del que ahora mismo depende su futuro. Pero eso no puede ser así, piensa Giacomo, porque, si sólo son verdaderas –de manera instrumental– la ciencia y la justicia, aunque de modo distinto y esencialmente procesal, no puede ser verdad nada que no se haya sometido a uno de estos dos procedimientos. Sin embargo, damos por verdaderas un montón de cosas sin verificarlas, y todo, o casi todo, sigue funcionando igual. Por tanto, debe de haber verdad en lo que consideramos verdadero, reflexiona Giacomo, que, en cualquier caso, está oficialmente de acuerdo con su mentor, que es un simplificador: sostiene que la filosofía es el análisis y la explicación, y tal vez la divulgación, de los procesos más complejos del conocimiento, que, más allá de las verdades procesales, únicamente se encuentran en la ciencia, la única que persigue la *verdad objetiva*. Siempre y cuando ésta exista, afirma, porque, «cuanto más profundizas en la Naturaleza, más parece ésta disolverse en la nada».

En este momento, es decir, a las 17.27 del 20 de julio de 2001, alguien está experimentando en sus propias carnes algo definitivamente *verdadero*: una bala que te entra por el pómulo izquierdo y te mata en pocos minutos.

> De la documentación presente en Autos se desprende que, con fecha 20.07.2001, hacia las 17.15, en piazza Gaetano Alimonda de Génova, se confirmaron unos enfrentamientos entre unos manifestantes «anti-G8» y las fuerzas del orden. En dichas circunstancias, un Land Rover de los carabineros sufrió un asalto por parte de un grupo de manifestantes. Del interior del vehículo se disparó un proyectil que impactó en Carlo Giuliani y lo mató en el acto.

La *verdad* existe: se llama Carlo Giuliani, muerto de un tiro.

Pero ni Giacomo ni Enzo, ni nadie que no se encuentre en ese preciso lugar, sabe aún nada sobre eso. Ellos están a lo suyo, en teoría y quizá en esencia, libres de toda culpa, con su bochorno, su cansancio y su constante tensión por tener que labrarse un futuro, planeando, con resignación, la velada de un viernes que, de antemano, saben que será aburrida pero que esperan que al menos sea entretenida. En este momento, la violencia y la muerte –que aquí también se hallan escondidas en la naturaleza de las personas, de las cosas y de las casas, en el cubil asesino de las familias, en las carreteras de cuatro carriles, en los coches de todo tipo, en las vidas, en el sexo y en las ansias de dinero, poder y éxito– se manifiestan en otro lugar como la erupción lejana de un magma silente que tenemos bajo los pies y que, aquí y allá, sale a la superficie, explota, erupciona, destruye.

GEF

Vale. ¿Llamamos a Fili? ¿Te parece bien si también se viene Filippo?, pregunta Enzo por el móvil.

Ya lo he llamado, le responde Giacomo. Se viene. Él tampoco tiene una mierda que hacer. Tengo el Yaris de Biba. Me lo ha prestado. Esta tarde no le hace falta; ha ido no sé adónde, creo que a Umbría, con no sé qué amigas.

Sí, claro, amigas…, dice Enzo.

No empieces con tus gilipolleces, le advierte Giacomo.

La envidia me corroe, ya lo sabes, dice Enzo.

Enzo sabe que, cuando le dice eso, que la envidia lo corroe, Giacomo se siente gratificado. Está convencido de que esa gratificación disminuye en él la sospecha de que aún pueda existir algo entre la que considera su chica, y que vive con él, y el que sería su mejor amigo, si no fuera tan gilipollas.

Venga ya, contesta Giacomo. Podemos cenar en Anzio, ¿qué dices? Es un poco caro, pero me apetece pescado, tengo mono de mejillones, calamares fritos, gambas, langostinos… ¿Estamos entonces? Nos dejamos caer por la fiesta a última hora y luego dormimos en tu casa. ¿Está libre?

Sí, está libre. Bueno, creo que sí. Llamo a mis padres y les pregunto. No sé si hay sábanas limpias, pero creo que podremos apañarnos, ¿no?

Claro, hombre. Voy a recoger a Filippo sobre las seis. Calculo que estaremos en Colli Portuensi más o menos a las seis y media. ¿Te da tiempo?

Sí, ya estaba saliendo. Aquí se han largado todos hace ya un rato. Han empezado pronto el fin de semana. ¿El Yaris de Biba tiene aire acondicionado?

Sí, y funciona, responde Giacomo.

Enzo sabe perfectamente que el Yaris de Biba tiene aire acondicionado: se ha subido muchas veces, incluso hace poco. Pero preguntar le da una sensación de falsa inocencia. De no estar traicionando a su amigo.

Si es que se puede hablar de traición, piensa: ella estaba conmigo antes que con él. A ver, no es que estuviéramos oficialmente juntos, nos acostábamos, exactamente igual que ahora, pero sin escondernos. Él lo sabía y lo intentó, lo intentó con tanto ahínco que al final lo consiguió. No te vas a cabrear, ¿verdad?, me dijo la tarde que me llamó y empezó con un Tenemos que hablar, ¿puedo pasarme por tu casa? Tenía que decirme que me consideraba su amigo. Que, en realidad, Biba y yo no estábamos juntos, según le había dicho ella. Por tanto, era verdad que había ido detrás de ella. Como si no lo supiera. Ahora estamos juntos, va a venirse a vivir conmigo. Me he enamorado. Tú no estás enamorado, ¿verdad? Claro que estoy enamorado, me entraron ganas de decirle. Biba no me lo había mencionado. La víspera habíamos follado en el Yaris en el parking de siempre, nos habíamos fumado unos cigarrillos, habíamos charlado un buen rato. Un poco de todo.

Una vez, meses atrás, habían hablado incluso de Giacomo, de que a ella le caía bien y de que lo envidiaba mucho por el sueldo que ganaba como doctorando y por la casa que tenía en propiedad.

Es que vive en una casa *en propiedad*, ¿sabes? No tiene que pagar alquiler y nadie le puede dar el preaviso como me lo están dando a mí.

La iban a desahuciar. Una situación horrible. Decía que no sabía adónde ir. Que con el alquiler de su casa y la pasantía en el bufete no ganaba suficiente y que no pensaba volver a casa de sus padres.

A ver, me iré si no me queda más remedio, antes que dormir en el coche, por ejemplo, ¿entiendes?

Aquella tarde Giacomo le había confesado que llevaba mucho tiempo enamorado de ella. Se lo dijo en el mismo coche en el que él y ella lo habían hecho el día anterior. A Enzo, que no lo consideraba ni jamás lo había considerado un rival posible en ningún ámbito, le había sentado fatal, y le costó dios y ayuda no mostrar ira, dolor, contrariedad, envidia, frustración y ganas de partirle la cara, es decir, todas las emociones que, en el momento de la revelación, se habían apoderado de él a la vez, sobre todo, debido al tono condescendiente de Giacomo, que implicaba un ¿Ves como yo, el gordinflón torpe al que no echáis cuentas, soy capaz de llevarme a la chica?, y cuya forma plural también incluía hipotéticamente a Filippo el Bello, el Impasible, que, según la leyenda, se las tira a todas y luego si te he visto no me acuerdo.

Vale, Biba está con los dos, pensaba Enzo; bueno, no, está con él, pero se lo monta también conmigo y lo más seguro es que yo, al igual que Giacomo, aunque no exactamente igual, también esté enamorado de ella, tal vez sólo de ella. Pero ¿qué quiere decir *enamorado*? Quiere decir toda una serie de cosas, cagoendiós: ganas de estar siempre con ella, siempre, siempre, siempre; ganas de comérmela, de hablar sólo con ella, de ser su único deseo y todo eso. Me decía que de Giacomo le gustaba «su pinta de lechoncito». De cerdaco, le había dicho yo: rollizo, con la piel blanca, las carnes prietas y el pelo rubio y liso. Me pone un poco cachonda, me contestó sin más.

¿Que Giacomo te pone cachonda?

Sí, un poco. Me atrae su amabilidad porcina y sumisa. Supongo que sabes que le hago tilín.

Entonces cambiamos de tema. Teníamos las ventanillas bajadas al frío aire de noviembre y el humo de los cigarrillos se expandía por el vacío del parking mientras que la ceniza se adhería a los laterales blancos del Yaris, mojados por la lluvia. Después de aquella ocasión, no volvimos a hablar del tema y seguimos viéndonos con regularidad, aunque sólo para follar en el coche.

¿Y por qué me lo cuentas? ¿Me llamas a las once de la noche y te plantas aquí a las tantas para decirme que te has liado con Biba? Muy bien, te has liado con Biba. ¿Y? Ni que estuviera saliendo con ella.

Perdona, pero todo el mundo sabe que os veis, me dijo.

¿Y si fuera así? ¿Qué quiere decir? ¿Que estamos juntos? Y, aunque estuviéramos o hubiéramos estado juntos, ¿a ti qué te importa? Te has liado con ella, bueno, no sé, a lo mejor sólo os habéis enrollado; bueno, venga, vale, te la follas. Pues me la suda un poco, qué quieres que te diga. Vienes como si hubieras hecho algo malo, como si hubieras traicionado a un amigo o le hubieras robado la novia. ¿No se te ha ocurrido pensar que a lo mejor entre ella y yo no existe nada, que sólo se trata de una amistad que tenemos desde los tiempos del Mamiani y punto?

Vale, tío, ya lo pillo…, soltó Giacomo.

Pero Enzo continuó exaltado: Te ha faltado tiempo para plantarte aquí a contármelo, más contento que unas pascuas, que vas a reventar de contentura, y no se te ocurre pensar que a mí a lo mejor me la trae floja y que estaba a punto de ver el DVD de *Besos robados*, que, a mi entender, es la mejor película de Truffaut, después de *Jules y Jim*, y vienes tú a tocarme las pelotas –todo compungido, aunque en el fondo con un subidón del carajo– con esta historia de que te has enrollado con Biba, que, además, viene a decir que te has enrollado *con una como Biba*, o sea, del nivel de tía buena y resuelta de Biba –que también te diría que te andes con ojo, porque a lo mejor te has montado una película y ella lo que quiere es hacerte el lío porque está a punto de quedarse en la calle y le hace falta un techo; yo que tú le daría una vuelta a eso–, y, en realidad estás disfrutando como un cerdo en un charco y lo único que querías era restregármelo en la cara. ¿Pues sabes lo que te digo? Que me la suda.

Como es evidente, mentía, estaba rabiando por dentro, y Giacomo lo sabía, lo veía, y lo estaba disfrutando de lo lindo, porque entre amigos la lucha por el territorio, aunque sea simbólico, nunca cesa, y robarse la novia está a la orden del día.

Pero Biba no es mi novia y yo no soy su novio. Entonces, ¿por qué me molesta tanto? Me molesta porque hace cosas con Giacomo y yo a Giacomo nunca lo he considerado un contrincante en el terreno sexual; es más, nunca lo he visto como un rival en nada, aunque aprecio su cabeza y me gusta ser su amigo, e incluso le tengo afecto y creo que me ha enseñado muchas cosas. Tal vez sea el único intelectual que conozco. Además, me fastidia porque Biba, la muy mentirosa, me lo pintó como un lechoncito y yo no compito contra lechoncitos.

Esto es lo que iba cavilando tras bajarse del coche de Giacomo, o sea de Biba, cuando se dirigía al portal de la casa de sus padres, donde se detuvo e hizo un sonido gutural. Se avergonzaba no tanto de la envidia y de la rabia que experimentaba, sino de que fueran tan palmarias. Cuando a Enzo le viene a la mente alguna jugada del pasado, se estremece y, si está solo, suelta un lamento, un extraño sonido que emite con la boca abierta y que se asemeja al de una persona que sufre bajo el instrumental de un dentista. A menudo padece estos episodios en los que regurgita viejas rencillas, y quien dice *viejas* dice *inmemoriales*, fosilizadas: rememora situaciones embarazosas para la imagen de alma noble que siempre, desde que era niño, pretende dar de sí mismo, y es entonces cuando le sobreviene esa especie de lamento sofocado. Nada de lo que siente en semejantes momentos de remembranza tiene explicación alguna; esos episodios están ahí, en el pasado, numerosos e inamovibles como monolitos contra los que le parece seguir estampándose de frente. Y en el futuro le esperan más jugadas, listas y preparadas a base de bien: chorradas, tribulaciones y mezquindades que pensará y, lo que es peor, dirá; tonterías y vilezas que hará, torpes excentricidades para aparentar lo que nunca será, es decir, noble, experto, desencantado, una persona segura de sí misma y asqueada de las bajezas del mundo. Las pifias de su pasado ponen de manifiesto unas fanfarronadas inútiles y unas ganas de aparentar lo que nunca ha sido, y conforman una serie de microfracasos que, desde hace tres décadas, es decir, desde que nació, pesan sobre sus hombros. No obstante, ninguno de los seres vivos con los que alguna vez ha tenido contacto recuerda ya nada de lo que a él le parecen pasos en falso capaces de marcar para siempre lo que la gente pueda pensar de él, cuando en realidad la gente no piensa en él en absoluto, o muy poco.

Al cabo de los años, al cabo incluso de las décadas, el material de todas y cada una de las interpretaciones o sobreinterpretaciones históricas del G8 de Génova, de las elucubraciones y desentrañamientos posteriores, versa principalmente sobre la carne humana destrozada, humillada, tumefacta, encarcelada y torturada una y otra vez. Y, al menos en un caso, perforada hasta causar la muerte. El Estado, a quien se le concede el monopolio de la fuerza, lo utiliza para masacrar a sus propios ciudadanos. No para erradicar una revuelta desde sus orígenes, no para advertir de que no se puede ser activista a favor de los derechos civiles y salir impune –o comunista, ecologista, budista, monja católica o vegano y reunirse en un único evento de protesta antiglobalización, con toda la confusión que esta palabra pueda acarrear–, sino simple y llanamente, pequeñoburguesmente, para alejarlos de la Zona Roja donde se celebra la cumbre y donde el burguesito Berlusconi no quiere pasar el bochorno de tener a toda una plaza gritando eslóganes bajo las ventanas.

Esta exigencia cuenta con el sentido de revancha social normal, con el miedo normal, con la ferocidad humana y, por tanto, normal de los mastines del Estado, a quienes se les concede carta blanca para que se procuren el disfrute criptosexual de la sumisión, de la humillación, de la masacre de la carne ajena. Carlo Giuliani muere por el ataque de pánico normal de un carabinero. Un disparo estadísticamente previsible, aunque habría sido mucho más bonito reventarle la cabeza e incluso torturarlo en el cuartel de Bolzaneto, junto con los demás comunistas. Sobre todo, junto con las mujeres, pues los agentes de policía, tanto hombres como mujeres, no pueden creer que las tengan a su entera disposición, o casi, para insultarlas, desnudarlas, humillarlas y vejarlas a placer. Es el poder en su manifestación más pura, o sea, la posesión de los cuerpos y la facultad de infligir dolor de manera impune. Es sexo espontáneo, torpe.

Nos obstinamos en interpretar los acontecimientos, en conferirles un sentido sin saber cuál es ese sentido en realidad y si existe fuera de nosotros o no es más que un constructo que nos es indispensable para vivir, es decir, si no es más que una cadena imaginaria de causas y efectos. Resulta difícil para el que narra no ser esquemático. Aun queriendo profundizar, es difícil llegar al inaprensible meollo –si es que existe uno– de la serie de cambios/innovaciones con los que el Capital estaba retomando con firmeza las riendas del mundo para forzarlo a entrar en el Tercer Milenio.

¿Significó Génova 2001 el fin prematuro de algo político, de algo peligroso para el sistema mundial que en aquel momento estaba creciendo y cobrando fuerza? Puede que sí. Pero lo más probable es que no. Si la antiglobalización estaba destinada a convertirse en algo importante en el terreno político, habría llegado a serlo de igual modo, con o sin los altercados del G8 y la muerte de Carlo Giuliani. Es más, es posible que los enfrentamientos callejeros y la represión hubieran funcionado como aglutinante, reforzando el movimiento y haciéndolo crecer. Sin embargo, los antiglobalización estaban sin saberlo empapados de conformismo, porque les faltaba una ideología unitaria y, por consiguiente, carecían de un constructo sólido, compuesto de odio, de análisis racional, de mentira oportuna y de una fuerte capacidad de réplica en las mentes de aquellos individuos expuestos a su influencia, o lo que vienen siendo los humanos jóvenes.

Los que primero buscaron y luego sufrieron aquella espantosa violencia, los que vivieron aquellas horas, aquellos momentos terribles de canícula y sangre, no contaban en su interior con un andamiaje antagonista que les permitiera hacer una lectura ideológica del golpe y devolvérselo al emisor en forma de lucha ulterior o, como suele decirse, «mediante una escalada del enfrentamiento», porque en su mayoría se trataba de criaturas que habían mamado el berlusconismo de los años ochenta. El movimiento adoptó, en cambio, el *ethos* de la víctima, es decir, el de los jóvenes no culpables, con sus valores inofensivos de igualdad universal, a los que el sistema masacró injustamente. En el fondo, no hacíamos nada, sólo estábamos allí para manifestar nuestra disconformidad.

Lo más grave es que, en esencia, ése era el caso. A los antiglobalización de Génova los masacraron porque, aunque también eran capaces de ejercer la violencia, les faltó la fuerza. La fuerza se construye mediante la ideología y la disciplina, o sea, mediante un partido, el Partido, es decir, mediante un partido fuerte de tipo leninista con dirección centralizada que nace del sufrimiento, un partido capaz de intimidar al Capital y a los cuerpos de seguridad del Estado, un partido capaz de movilizarse en el ámbito nacional y con una fuerte representación en el parlamento que le permita condicionar la política del País.

Los antiglobalización, por el contrario, no podían ser esto porque el tiempo de ese tipo de aglutinación política hacía décadas que había terminado, y ésa es la razón por la que, de simples manifestantes, privados de un mínimo de organización, pasaron a convertirse en carne de cañón, carne roja llorosa, sangrante, babeante, implorante, una masa inerme arrodillada ante la fuerza del Estado, que, al percibir su debilidad, descargó en ella toda la libido de sus servidores, reprimidos, frustrados y mal pagados. No obstante, suponiendo que en julio de 2001 hubiera sido posible fundar un partido antiglobalización, la idea misma de partido quedaba descartada, incluso en el seno de aquellos organismos políticos que, pese a continuar siendo partidos a todos los efectos, carecían de la fuerza autónoma que derivaba de factores históricos ya remotos. En Génova, la fuerza procedía en su totalidad del Gobierno –de cuyo Consejo era vicepresidente Gianfranco Fini–, que la estaba usando de manera salvaje y descontrolada, o sea, no política, sino *natural*. En otras palabras: fascista.

La boca forma parte del intestino y, por tanto, está llena de bacterias. De camino en moto a la casa de sus padres, en Colli Portuensi, a Enzo le viene a la mente lo que la periodoncista le ha dicho esa mañana. Lo ha dejado hecho polvo. Siempre había sabido que la boca es *impura*, pero, para él, formaba parte de la cabeza, nunca la había visto como una continuación del intestino.

Desde que nació, ha hecho todo lo posible por marcar las distancias con su parte biológica y por construir un dualismo cuerpo-mente normal y necesario. Sin embargo, nunca lo ha conseguido del todo. Siempre le ha quedado la duda de si es cuerpo por completo. Cuando terminó con Clara, lo pasó bastante mal y el psiquiatra del centro de salud le recetó ansiolíticos, o sea, la esencia de los dioses: Si una sustancia tiene el potencial de hacer que mi espíritu se encuentre mucho mejor, entonces es que mi espíritu también es sustancia. Enzo (criptodepresivo, según el psiquiatra) piensa constantemente en la muerte. No sabe cuándo comenzó a hacerlo, pero era muy pequeño, mucho, un crío que ya se preocupaba de cómo, dónde, cuándo y por qué moriría. Voy a la playa, ¿moriré ahogado? Hoy, tenis. ¿Me dará un infarto? ¿Y cuándo me llegará el cáncer de pulmón? Vuelvo a casa en moto: hoy seguro que me caigo y me mato. Alto porcentaje de probabilidades. Distracción en el semáforo. De camino a la casa de campo de unos amigos, seguro que nos damos un piñazo en la circunvalación del Raccordo, que el coche se incendia, que morimos quemados, que nos dedican un suelto en *Il Messaggero*. Lo mismo puede ocurrir esta noche en la regional Pontina o en la Nettunense, y los cadáveres sólo serán reconocibles por los arreglos odontológicos que nos hicieron. Se cierra el círculo. Dentista siempre al acecho.

Hoy también se ha pasado el día pensando en la muerte con mayor o menor grado de intensidad. No está triste, no parece estar deprimido y puede que en realidad no lo esté. El semáforo en rojo en la circunvalación Gianicolense tarda tanto en cambiar que le permite formularse la siguiente proposición: Soy una mera forma de vida vagamente consciente de sí misma –signifique eso lo que signifique– que se dedica al diseño gráfico para ganarse la vida, o sea, para procurarse la comida y los recursos mínimos necesarios para sobrevivir en Roma, una ciudad que muestra una absoluta indiferencia por mí, por mis cuitas amorosas, por mi felicidad o infelicidad, por mi salud o por mi enfermedad. La indiferencia de estos bloques de pisos resulta evidente. Antonioni tiene razón al final de *El eclipse*, cagoendiós, con esos encuadres fijos de bloques escorzados del barrio del EUR, apáticos, fríos, impasibles, hostiles, como las caras detrás de las ventanas, como el tubo que pierde agua.

Llevo años con ese tubo dentro, le dijo al psiquiatra del centro de salud, que asintió, pero que probablemente no sabía de qué le estaba hablando y a quien casi con toda seguridad le importaba un pimiento.

Hoy Roma, como siempre, se ha limitado a envolverlo, a condicionarlo, a guiarlo y a usarlo, como hacen las ciudades con los humanos, sin mostrar el menor interés real por él, que está ocupando momentáneamente una porción de espacio-tiempo periférico de esa inmensa *crêpe* de edificios en perpetua levitación. Hablamos de periferia, como si Roma tuviera un margen, un borde perceptible, y no se difuminara hacia el infinito en todas las direcciones del Agro, hacia las tobas etruscas del norte, los Castillos, es decir, hacia el grupo de volcanes inactivos de trescientos cincuenta mil años de antigüedad, hacia las montañas del Reatino, hacia la llanura pontina, es decir, hacia Anzio y Lavinio, es decir, hacia el mar. En este momento, toda esa antigüedad, esa belleza, ese barroquismo, y la fealdad de casi todo lo demás, pesan sobre Enzo, que, al igual que muchos de quienes han experimentado la introyección de una cultura estética, sufre la visión continua de lo pretencioso, así como del espantajo inmobiliario, que en Roma, ciudad íntimamente fascista y premoderna, abundan.

Viale dei Colli Portuensi entra en la categoría *pretencioso*. Enzo vive aquí con sus padres, que se mudaron a esta parte de la ciudad después de la casa de la circunvalación Clodia, donde él nació y se crio. En el portal se encuentra con Filippo sentado en su moto. Me ha llamado Giacomo y me he venido directamente. Con este follón de bloques me ha costado encontrar tu casa. ¿Tienes un hueco en el garaje para esta joya?

¡No jodas! ¡¿La SH 150 de cuatro tiempos?!, exclama Enzo.

Sí. Y es la moto que más mangan en Roma. ¿Tienes sitio?

Filippo es alto, moreno, velludo, ancho de hombros, guapo. Lleva unas bermudas tipo cargo y una camiseta blanca ajustada que destaca sus pronunciados músculos, sandalias Teva negras y mochila a la espalda. Filippo da la sensación de estar a gusto en el mundo, con la vida, en esta ciudad, en cualquier situación. Es de natural tranquilo y siempre está tranquilo. Rara vez se cabrea. Parece quererlo todo y a todos con su actitud indolente; nadie sabe por qué, pero todos le corresponden.

Me la he pillado a plazos, dice. Mi madre me ha dado el anticipo a escondidas de mi padre. Con ésta, Roma pasa de estado sólido a líquido, la atraviesas como si tuvieras un espetón. Lo malo es que se la rifan. ¿Tienes sitio?

Sí, en el garaje debería haber un hueco. Mi hermana ha salido con el Micra, no sé cuándo volverá, pero por ahora hay sitio.

¿Saretta ha vuelto de Londres?

Sí, se ha tirado aquí una semana y luego se ha largado a Apulia.

Sara, Sara, Sara: joven, simpática, linda, espabilada, enamorada de Filippo desde niña, es decir, desde que lo veía jugar en el salón con la Nintendo de Enzo o pasarse media tarde despatarrado delante de la tele viendo lo que fuera, los viejos dibujos animados de los Transformers o episodios de *Los días felices* repuestos en algún canal privado. Filippo siempre la había tratado como a una niña hasta que una tarde en que se quedaron solos por casualidad, se liaron y en cierto modo se prometieron. Enzo no sabía qué pensar. Siempre había menospreciado por instinto a los ligues de su hermana. A Filippo no lo menospreciaba, pero una noche le había dicho: ¿A qué juegas con mi hermana? No me vayas a cabrear. Y Filippo, con toda la cachaza del mundo, sin admitir ni negar nada, le había respondido: Pues cabréate. Tú mismo.

Los dos son amigos de toda la vida, desde los tiempos de la escuela Belli; Enzo lo aprecia y lo estima, y forma parte del triángulo de amigos que construyeron, junto con Giacomo, cuando empezaron la secundaria, lo que para él significó tres años académicos completamente inútiles, de no ser por la geometría sólida, por la *Ilíada* y por la *Odisea*, pero, ante todo, por la *Ilíada*, sobre la que llenó cuadernos y cuadernos con dibujos; tres años en los que se vieron arrastrados al tedio de la adolescencia y sufrieron la tortura de la pubertad. En aquella época empezaron a experimentar el placer de encontrarse entre iguales, relajados por completo, sin competir, sin tener que ser ni parecer otra persona. Habían compartido la ociosidad fraternizante, irónica e impagable de la amistad pasando tardes enteras delante de la MTV, tratando de aprender a tocar la guitarra o poniendo, uno tras otro, discos y casetes. Con el paso de los años desarrollaron una jerga privada que ahora, cuando se ven, resurge en sus conversaciones. Hubo un tiempo en el que cada cosa y cada persona podía reidentificarse y reetiquetarse según características o circunstancias, acontecimientos o hechos memorables determinados. Surgían apodos sin sentido, de origen misterioso, a veces heredados, como los de los profesores del instituto Mamiani, que constituía una cápsula cultural de la que su clase era una subcápsula, dentro de la cual se había formado la subsubcápsula de su pequeño grupo, que también comprendía a Biba y, durante el breve período de tiempo en el que ella y Enzo rompieron, también a Clara la rubia, como Segunda Novia de Enzo, un poco más joven y que iba a otro instituto.

En resumen, hace dos años Filippo y Sara tuvieron un rollo del que Enzo no sabe gran cosa. Filippo nunca le ha contado nada. Y mejor así. Luego Sara se fue a la Universidad de Londres. Si hubiera sabido que me lo iban a pagar mis padres, yo también me habría ido a estudiar al extranjero, dice Enzo de vez en cuando, aunque, en realidad, nunca ha tenido intención de moverse, de despegarse del cubil romano de los amigos, del posinstituto, de la Academia de Bellas Artes, de Clara.

Sara, en cambio, se largó sin dudarlo porque envió la solicitud y la aceptaron, y sus padres se comprometieron a pagarle la matrícula, ya que Londres es Londres, y la vida se le abrió de par en par de manera inesperada, lejos de Colli Portuensi y de la Universidad de Sapienza; lejos también de Filippo, por qué no, con su taller de reparación de bicicletas en el Centro Social; lejos asimismo del Centro Social, donde ya no había nada para ella; lejos de la política, de Roma, de Italia, del Mediterráneo. Por tanto, tal vez haya dejado a Filippo. Tal vez, porque en realidad no se sabe qué tipo de relación tienen. La cuestión es que, después de pasar un invierno entero en Londres, ha regresado para las vacaciones y se ha marchado con sus amigas, también en trío y en coche, pero con una tienda de campaña, a pasar quince días en el sur. En plena canícula infernal, con todo el polvo, la arena y los mosquitos que hay en un *camping*, piensa Filippo, a saber por quién lo hace. Después de un año en Londres, tú también lo harías, le había dicho por teléfono.

Bajan la rampa del garaje, Enzo a pie y Filippo en la moto, abren el portón basculante, Filippo arrima la SH 150 a la pared y la apoya en la patilla. Giacomo viene directamente para acá sobre las seis. Si quieres algo de casa, cambiarte o lo que sea, te espero en el portal, dice Enzo. No, no me apetece subir, saludar a tus padres y todo eso, responde Filippo. Hace tiempo que no los veo. ¿Conoces a esta prima de Giacomo? ¿Has estado alguna vez en su casa de Lavinio?

Sí, ¿sabes esos sitios que sólo existen en verano?, le dice Enzo. Conozco el pueblo, pero, a la prima, no mucho. No recuerdo exactamente dónde está su casa.

Sabes que va a ser un auténtico coñazo, ¿verdad?, dice Filippo.

Ya, pero esta tarde no tengo nada mejor que hacer y no me apetece estar solo.

A mí me pasa lo mismo y supongo que a Giacomo también: prefiero que me toquen las pelotas a estar tocándomelas yo solito en mi madriguera, en el espacio mental de un treintañero semifracasado.

Filippo no habla mucho y no suele dar muestras de ser una lumbrera, pero, de vez en cuando, suelta una formulación eficaz que sorprende a los otros dos. Señal de que, dentro del mecánico de bicis, aún brilla la luz de la inteligencia, dijo una vez Giacomo.

Aquella vez Enzo respondió, con toda la malicia y la envidia del mundo: ¿Quieres decir que no es todo polla?

Exacto, le respondió Giacomo.

Pero sólo les corroía la envidia, porque en el fondo quieren a Filippo, lo aprecian mucho y no creen que sea memo.

Si Enzo no hubiera vivido en Colli Portuensi y si, tras un experimento de cohabitación en San Lorenzo, no hubiera vuelto a vivir allí, Giacomo ni siquiera sabría que existe, y mucho menos dónde está. Pero ahora lo sabe. Para llegar desde via Costabella –en el deshilachado margen al norte del barrio de Vittoria, donde en los años sesenta del siglo XX se consolidaba el bloque de pisos, al igual que en el resto de Roma, como si no hubieran existido nunca otras formas ni otros tipos de construcción, como si en las molleras de los constructores, de los arquitectos y, sobre todo, de los clientes, nunca hubiera existido más deseo que el de vivir en un bloque de pisos, junto con más pisos, encima de otro piso, al lado de otro piso, dentro de un piso–, donde ha heredado de una tía materna muerta recientemente un piso de dos habitaciones con cocina independiente, cuya tenencia y ubicación le han venido de perlas y donde desde hace un tiempo convive con Biba, un lugar certificado por Biba, autorizado ahora a existir y sacralizado por su presencia; para llegar a Colli Portuensi, como decía, primero hay que pasar por viale delle Milizie, una orgía de plátanos de sombra gigantescos que encauzan el tráfico en dirección oeste, hacia piazzale degli Eroi, por donde pasa la circunvalación que, de ahí en adelante, todo el mundo llama la Olímpica, porque la construyeron en 1960 para las Olimpiadas de Roma, las de Abebe Bikila y Livio Berruti, una avenida peligrosa que recoge un pedazo escindido de urbe y lo conduce hacia abajo, hacia la temible ciudad sanitaria de San Camillo, y luego hacia la estación de Trastévere y viale Marconi. Pero Giacomo, que ha embocado la Olímpica, no necesita llegar hasta allí porque, una vez superadas a toda velocidad las espléndidas e inesperadas explanadas de Villa Doria Pamphilj y después de un alto de una hora en el complejo semáforo que regula el cruce con la circunvalación de Gianicolense, puede tomar Colli Portuensi y bajar hacia el valle del Río a través de lo que en su día fueron unos montículos cretácicos indómitos con alguna que otra chabola y ahora constituyen una aglomeración urbana con ínfulas donde se ha asentado una parte de la inmensa clase media romana, no sin satisfacción y cuidado de los detalles de construcción, detalles que no se han desviado ni un ápice del gusto medio capitolino, que aquí no sólo se ha aceptado, sino que se ha reafirmado y replicado hasta la saciedad, a excepción de alguna que otra variante tonta en los parapetos de las galerías.

Cuando llega el Yaris blanco de Giacomo, todavía hace mucho calor y seguirá haciéndolo el resto del día y de la noche, y al día siguiente y al siguiente, así hasta que termine el Verano. Todo el mundo se queja, pero son pocos los que de verdad desean que el bochorno dé un respiro: eso significaría el final del Verano, es decir, la verificación de lo que para Enzo es una tragedia anual. Sufre, suda, se queja, pero le gustaría que durara eternamente.

Enzo y Filippo llevan esperando un rato en el portal. A la derecha del bloque hay otro bloque. A la izquierda, en cambio, al otro lado de la calle, de sentido único con aceras de un metro de ancho, se alinean hileras tortuosas de más bloques que ahora proyectan una sombra más larga y que se diferencian entre sí gracias a la ausencia de regulación inmobiliaria, resuelta aquí con un jardincito asignado a los apartamentos de la planta baja, los que tienen rejas con barrotes oblicuos en las ventanas –las rejas con barrotes verticales recuerdan a la cárcel de Rebibbia y deben evitarse a toda costa, como la mayólica blanca, que recuerda a un hospital– y rampas empinadas en los garajes comunitarios. La misma estampa se repite a todo lo largo de Colli Portuensi, ha pensado Filippo cuando venía de camino.

Tengo las llaves de Anzio, así que podemos quedarnos a dormir en su casa, dice Enzo. ¿Os habéis traído bañador? A lo mejor esta tarde o esta noche o mañana nos apetece darnos un chapuzón. Lo dice mientras se sienta en el asiento delantero del coche, después de haber dejado entrar a Filippo, que, si bien es más alto que él, por costumbre, es decir, por un orden jerárquico tácito y nunca oficializado, se sienta detrás, donde no está incómodo, pero desde donde le cuesta hacerse oír y escuchar las conversaciones de quienes van delante.

Yo lo llevo, dice Giacomo. Hacemos Colli Portuensi, Isacco Newton, Roma Fiumicino, Raccordo, Pontina y Nettunense, ¿no?

Claro, cagoendiós.

¿Por qué siempre dices *cagoendiós*? ¿Qué tiene que ver Dios con nada?

¿La circunvalación del Raccordo no la creó Dios?, responde Enzo.

No. La construimos nosotros.

Lo mismo da. Dios nos creó a nosotros, ergo Causa Primera, ergo responsable de todo. Deberías saberlo. ¿Es que no te acuerdas de los argumentos ontológicos que dimos en secundaria? Pues a mí no se me olvidan, cagoendiós.

Pero ¿por qué dices siempre *cagoendiós*?

contrario, de ir ataviado hasta el menor detalle, como en su día lo fueron ciertos hípsteres de Williamsburg, en su máxima expresión de provincialismo, o los hippies mugrientos que iban descalzos por las calles de Ámsterdam en los sesenta, se te tildaría de milanés o de hortera. Nunca se debe abrazar nada por completo, porque renegar de ello, lo cual constituiría el siguiente paso inevitable, resultaría demasiado embarazoso. Hay que quedarse al margen, participar al menos una vez, pero luego limitarse a estar y a observar un rato. Ir a un sitio, pero marcharse antes del final. Creer en todo y en nada, desde niños.

Les encanta charlar, pero no en romanesco, que ya no existe y no sabrían hablarlo, sino en una jerigonza ligera y atenuada, local y retorcida, *cool* a su modo, proclive a la metáfora y a la hipérbole, que se ha ido elaborando en la periferia durante las últimas décadas y que ha rebotado, más que en el centro, donde ya no queda casi nadie, en las primeras franjas urbanas que lo rodean, y que se pone de manifiesto en los bastiones de los centros sociales que todos más o menos frecuentan, adonde Giacomo, Enzo, Filippo y sus amigos acudían hasta hace unos años y adonde siguen yendo, de vez en cuando, para refrescar las jergas y subjergas locales, insertas unas dentro de otras como muñecas rusas, según secuencias ordenadas que van desde la escala urbana a la de la zona, el barrio, el instituto, el grupo político y la pandilla de amigos. Los tres son de origen aburguesado, han leído algún que otro libro y, si quieren, hasta pueden llegar a hablar un italiano desprovisto casi por completo de la inflexión local, pero el uso de la jerga forma parte del placer de estar juntos, la vulgaridad casi siempre es una cita, aunque en los momentos de ira, de peligro o de extrema felicidad, todos y cada uno de ellos recurren al dialecto. El monstruo milenario al que llamamos Roma habita en ellos y, reproduciéndose a través de estas jóvenes vidas, deja sus esporas, que florecerán en un futuro no lejano y producirán humanos maduros dedicados a lo ya dicho, a lo no pensado, conformes con la ciudad y listos a su vez para su reproducción parasitaria.

Eso mismo, dice Enzo. Y luego añade: Yo ando a malas con la idea de Dios, que ha causado más daño, muerte, destrucción, tortura y guerra que cualquier otra, que Marx incluso. ¿Has leído el libro de Dawkins contra Dios?

He leído todo Dawkins menos ese libro, que ya podría haberse ahorrado escribir, contesta Giacomo. A fin de cuentas, la idea de Dios nos ha proporcionado una ética. Nos ha ayudado a vivir, nos ha consolado. En resumen, ha funcionado a las mil maravillas en el sentido de opio del pueblo. Ha causado mal, pero también ha hecho bien. ¿Queremos legalizar el cannabis, pero no aceptamos la droga de la religión, que es mucho mejor, dura más y es gratuita?

Si digo *me cago en la puta de oros*, ¿debe existir por fuerza la puta?, insiste Fili. ¡Venga ya, no jodas! Si te molesta es porque crees en él, porque lo respetas. No estamos diciendo que te cagues literalmente en él, ¿entiendes? *Me-cago-en-Dios*. Es un punto de vista distinto. Si me apuras, hasta dogmático. Hay quien dice *Válgame Dios del cielo*; nosotros decimos *Me cago en Dios*. Es muy simple. Y, en cualquier caso, estarás de acuerdo en que, si existe el Raccordo, no puede existir un dios benévolo al mismo tiempo. Eso es filosofía de primero. Debes contárselo a tus estudiantes de Villa Mirafiori; es tu especialidad. Tienes que decirles: Dios no existe y, si existe, es malo; es el Mal, con eme mayúscula. Si fuera bueno, yo no estaría ahora mismo en el coche con vosotros dos para ir a Lavinio a la fiestecita de los cojones. De tu prima, cagoendiós. Repito: de tu prima.

Y si te vienen con: Ah, no, debes aportar pruebas de la inexistencia de Dios, pues tú les respondes: No, bonitos, sois vosotros los que debéis demostrarme su existencia, replica Enzo, porque las pruebas tangibles no me dicen nada. Etcétera.

Eso, eso, pruebas tangibles, apunta Filippo. Già, el día que me traigas pruebas, yo me meto a cura. No sé tú, Enzo.

Yo también, responde Enzo.

Iros los dos a tomar por culo, les suelta Giacomo.

Luego están los que dicen *cagoenjudas*, sigue Filippo, los muy cobardes, chupatintas y lameculos. ¡Mira que tomarla con uno que fue de fijo al infierno!, uno tan infame que decir que te cagas en él es quedarse corto. Qué triste. Después están los que dicen *cagoenlavirgen*. A ésos ni los menciono porque no hay por dónde cogerlos.

Cagoenlavirgen no se puede consentir. A ver, me gusta, precisamente porque no se puede consentir. Antes también se decía *cagoenlamadredelcordero* y *cagoenlamadredediós*, dos claros ejemplos de cobardía. Con la Virgen nunca me meto porque ella no tiene culpa de nada. De hecho, en el catecismo nos enseñaban que su función es la de consolarnos por todo lo que Dios nos ha hecho y que, si queremos pedir una gracia, no se la pidamos directamente a él, sino a la Virgen, que hace de filtro. Una especie de secretaria particular. ¿Te das cuenta? La idea democristiana de mediación política coincide con la recomendación, con el favor, con la idea de espera, de antecámara. Y, finalmente, con la gracia. La Virgen nos concede la gracia. No se nos debe nada, sino que se nos concede, a cambio de postrarnos...

¿Paras ya con el temita o vas a seguir tocándonos las pelotas hasta Lavinio?, se queja Filippo.

Anzio, mejor vamos a Anzio, responde Giacomo.

La radio del coche está transmitiendo que, según un comunicado de la agencia ANSA, ha habido un muerto en Génova. Al parecer se trata de un joven de unos veinte años. Fuentes del Ministerio del Interior han confirmado la noticia. Se desconocen las circunstancias de la muerte. Dicen que el cuerpo se encuentra en via Caffa. Sigue en el suelo, cubierto con una sábana. Se han confirmado «enfrentamientos violentos» en la zona entre la policía y los manifestantes. Parece ser que lo ha alcanzado una piedra que han lanzado sus propios camaradas. Otros testigos aseguran haber oído un disparo. Hay quien sostiene que se lo ha llevado por delante uno de los coches de los carabineros. Un forense va de camino. «Decenas de miles de manifestantes antiglobalización han recorrido las calles de la ciudad y han intentado atravesar las barreras de la Zona Roja, donde va a celebrarse la cumbre del G8.» De momento, no ha habido declaraciones oficiales.

Los tres permanecen en silencio unos minutos. Luego Giacomo dice: Cuando venía de camino he oído que llevan masacrándolos desde esta mañana. Se ve que se ha montado un follón de cuidado, que según van avanzando rompen escaparates. Provocadores, seguro. Hoy todo el mundo, por decirlo así, está en Génova, menos nosotros, que vamos a Lavinio.

¿Quién está masacrando a quién?, pregunta Filippo. ¿Por qué la han tomado con el G8 de Berlusconi?

¿Es que no te enteras?, dice Giacomo. La policía está masacrando a manifestantes pacíficos con la excusa de que hay provocadores que destrozan escaparates, sigue Giacomo. Seguramente gente de la secreta, policías o simples mercenarios. Los llaman el *bloque negro*, van enmascarados y nadie se ha preocupado por aislarlos. Eso decían hace tres horas. Los manifestantes son antiglobalización, Filì, gente contraria a la globalización que quiere hacérselo saber a los poderosos del G8. Pero Berlusconi no puede permitir que le agüen la fiesta. El vicepresidente del Consejo es un fascista; la policía se siente incentivada y con las espaldas cubiertas. He leído que entre ellos se hacen el saludo romano abiertamente. Entiendo que las bicicletas te absorban mucho, pero a ver si prestamos un poquito de atención, joder.

Filippo –que ya desde los tiempos en que iban al instituto no entiende de política, ni le interesa, ni sabe para qué sirve, aunque a grandes rasgos se considere de izquierdas, o sea, que está a favor de la igualdad social, que para él significa algo así como que todos somos iguales y no nos pongáis a prueba– dice: Pero ¿por qué los antiglobalización están en contra de la globalización? Yo es que no veo esa globalización por ninguna parte. ¿Y vosotros? Y, en realidad, ¿qué es?

Es el capital, que hace lo que le da la puta gana, responde Giacomo. Chupa recursos en todas las partes del planeta y deslocaliza, es decir, que traslada los lugares de producción, o sea, las fábricas, de acá para allá por el mundo, y las planta donde la mano de obra es más barata; da trabajo y lo quita como y donde le parece, o bien cierra aquellas plantas productoras que dejan menos beneficio y se sitúa en un plano exclusivamente financiero, en el que existe más margen. Todo es electrónico, es decir, vertiginoso, invisible, no hay riesgo de huelgas, el dinero va y viene, las cifras aparecen y desaparecen en las pantallas de los ordenadores...

Oye, que a Gekko lo recordamos todos. ¿Cómo se llama la película?, dice Filippo

Wall Street, de Oliver Stone, alias el Sobrevalorado, contesta Enzo. ¿A ése no lo podemos adelantar? Son las siete, tengo hambre. ¿Cuándo vamos a llegar? Ya hay un muerto y el G8 no ha hecho más que empezar. Cabrones, cabrones, cabrones, malnacidos, cabrones, asesinos. Nosotros también deberíamos haber ido. ¿Por qué no lo hemos hecho?

El movimiento obrero ya no existe, dice Giacomo, ni tan siquiera en China, donde ahora impera el capitalismo de Estado, un monstruo socioeconómico que produce superexplotación, hipercontaminación, destrucción de los centros históricos, urbanismo salvaje, ciudades inmensas, estrambóticas, todo futuro y nada de pasado. ¿Has visto? Lo he adelantado.

En el instituto, Enzo era superentusiasta, antagonista, un anarcosocial confuso de centro social romano. Era un estado mental de la posadolescencia que tal vez sigue subsistiendo en él, aunque ya muy atenuado. Ha tomado una vía alternativa: no ha profundizado en el plano político, no se ha cultivado, pero ha visto mucha pintura, mucha escultura, muchos vídeos, muchas películas; ha oído muchos sonidos y ha conservado una pátina antagonista, tenaz pero común en muchos artistas. En resumen, a los artistas, incluso a aquéllos en teoría más politizados o políticos, la política, la de todos los días, les importa un comino. Demasiado complicada y, sobre todo, demasiado soez, fútil e inmunda para mentes estéticas como las suyas: mejor oponerse a todo en general.

Filippo no se adhiere a nada, pero es un caso rarísimo de izquierda natural que creció de manera espontánea, pero que no se puede expresar en términos políticos porque sólo existe en su forma de hacer las cosas, en su comportamiento, en el modo en que da y en que recibe. Por eso, dos gilipollas como Enzo y Giacomo, que, por el contrario, luchan a diario contra su fascismo natural e innato, lo aprecian tanto. Ven en él algo especial que no es fácil de encontrar.

En resumidas cuentas, Filippo es *bueno* por naturaleza y, por tanto, no necesita ser de izquierdas, pensó una vez Giacomo, que no desarrolló el razonamiento.

A Giacomo, por el contrario, siempre le ha interesado la política. En el gran caos desestructurador que tuvo lugar después de 1989, cuando todavía iba a la universidad, le habría gustado seguir siendo comunista si la cosa hubiera tenido sentido. Y aún le gustaría serlo si la cosa tuviera algún sentido. Licenciado en Filosofía, se siente como pez en el agua con los instrumentos marxistas para el análisis de la realidad, pero se da cuenta de que ya no son válidos o, mejor dicho, siguen siendo válidos, pero ya no le interesan a nadie. Si menciona el comunismo, todos piensan en Stalin y en el gulag, y ahí muere el discurso. El otro año salió *El libro negro del comunismo* para los imbéciles berlusconizados, es decir, para los millones de italianos reconducidos al liberalismo por el cogote, como se hace con los gatitos que se salen de la caja de cartón donde han nacido.

Estaría bien hacer un curso titulado *El presente*, le dijo una vez un colega.

Sí, estaría bien, piensa Giacomo. ¿Por dónde empezamos? ¿Por Filippo? ¿Por los bloques de pisos de Roma? ¿Por los bocadillos de atún con tomate? Podemos comenzar por cualquier punto: la realidad es un rizoma, la relación causa-efecto es vertical y a la vez horizontal, y también transversal. En definitiva: es tridimensional. Ha habido un muerto en Génova: partamos de ahí. Pero, mientras tanto, vamos a Anzio a comer donde Orazio. Todo es horrible y todo es precioso. Salir de Roma esta tarde con Enzo y Fili es precioso. Precioso. El dolor está ahí, sí, pero ahora queda lejos. En este instante no existe: a partir de ahora debemos alejarlo y así hasta el final. Esto es vivir y es precioso.

Serpentean por viale dei Colli Portuensi, dividido en dos por una mediana mísera, inútil y despiadadamente arbolada –que sólo sirve para que los perros caguen– y bordeado a diestro y siniestro por bloques de pisos sin fin, supermercados y bares con terrazas adornadas con mamparas elegantes, estancos, colegios, tiendas de ropa y de fontanería. Más allá, en las colinas Portuensi propiamente dichas, se ve lo que tal vez sean internados, conventos o sabe dios qué, sitios donde puede ocurrir cualquier vileza, donde puede cometerse cualquier delito que nunca se sabrá. Esta Roma se ha hecho a sí misma: su forma urbana ha seguido la forma de la mente de sus habitantes, de quienes la han ido diseñando según sus dictados, y ha participado del gusto del momento de quien la construía y de quien actualmente la habita, gente que no sabe una mierda y que no entiende una mierda. Esta ciudad no se puede mejorar: es un reflejo de sí misma y así debe permanecer, so pena de sufrir la repulsa universal del pueblo, de las clases medias, de los intelectuales, igualmente ignorantes de lo que debería ser una *ciudad*, y de los políticos que prometen demoliciones, reconstrucciones, creaciones de centros atractivos, nuevas directrices y una ciudad metropolitana sin entender lo que están diciendo, sin saber de lo que están hablando, con el único objetivo de perseguir ese conformismo que tanto les obsesiona. Colli Portuensi baja en dirección al valle del Río y, de buenas a primeras, desemboca en algo que se parece mucho a la nada: huertos suburbanos, algún que otro villorrio, un paso elevado y cañizales, una calzada de repente muy ancha, llena de baches, acelerador al máximo por la empinada subida hasta el viaducto de la Magliana, que parece querer saltar el Río y lanzarse directamente al cubo blanco del Palacio de la Cultura y del Trabajo. Pero Giacomo, con el Yaris de Biba, gira a la derecha para hacer un tramo de la autopista Roma-Fiumicino, tomar la salida en forma de trébol y luego enfilar la autopista de circunvalación del Raccordo.

Mientras efectúa esta maniobra, Giacomo dice: Callaos, que tengo que concentrarme, que terminamos otra vez en Magliana. Enzo y Filippo interrumpen la cháchara en la que están enfrascados desde que se subieron en el coche y guardan silencio. Consiguen meterse en la autopista, recorren un breve tramo –no participan más que unos kilómetros en el perenne flujo satelital que lleva décadas rodeando la Ciudad Eterna sin descanso– y se desvían casi de inmediato hacia la salida veintiséis para pillar la Pontina. Desde ese momento, una vez superada la muralla que supone el Raccordo, Giacomo se siente como si se hubiera zafado de Roma y, en lugar de la carretera más peligrosa de Italia, se abriera ante él un territorio de libertad. Enzo calla y contempla lo que a la derecha empieza a entreverse de Spinaceto, de Mostacciano y, más adelante, al otro lado de un muro alto que bordea la nacional 148, de la espesura verde de la finca presidencial de Castel Porziano, que, en algunos puntos, según ha leído, es un «bosque húmedo primigenio». La palabra *primigenio* le gusta, signifique lo que signifique.

Primigenio, aquí, donde menos te lo esperarías, dice Giacomo. Una porción de naturaleza que seguramente lleva intacta tres mil años, que nadie ha cortado ni modificado, donde nadie ha cazado. Se ve que lo están estudiando.

Pero, a continuación, se calla y se concentra en la carretera: es un tramo complicado. Hay que prestar atención a un tráiler, luego a otro tráiler y luego a un tercer tráiler. Adelantar a un grupo compacto de tráileres. Seguir concentrado. No distraerse en la curva que baja hacia la izquierda. La Pontina siempre comienza de manera amable, con caravanas y autocaravanas apelotonadas a diestro y siniestro, pero ya en ese tramo anuncia su verdadera naturaleza de carretera nacional asesina, estrecha y abarrotada de tráfico, una carretera que camioneros exasperados recorren a todo gas y que se desdobla aquí y allá más o menos a partir de via del Fosso del Tellinaro.

¿Quién coño sería el tal Tellinaro para que le pusieran su nombre a una acequia?, piensa Giacomo.

Giacomo recuerda este nombre porque es una de las vías de acceso al centro comercial donde una vez terminó por insistencia de Biba, que se había enterado de que allí iban a hacer una reventa de zapatos de marca y donde esperaba hallar viejos modelos para volver a comprarse unos que le gustaban mucho, se le habían roto y ya no encontraba por ningún sitio.

El flujo de mercancías es constante, sigue pensando Giacomo mientras conduce. E impide que un producto permanezca en el mercado más de una temporada, pasada la cual es desechado. Y, si te gustaba y querías volver a comprarlo, pues le pierdes la pista, no lo encuentras por ninguna parte, desaparece. Ocurre incluso con los libros. Su permanencia en las estanterías es limitada. Ese modelo de zapatos –Biba, tesoro mío, ¿dónde estás?– ya no lo volverás a encontrar.

La carretera que discurre por el Agro es toponímica y también ancestral, pueblerina y pastoral, y nos recuerda, sobre todo, antiguos crímenes, saqueos, asesinatos y torres ya desaparecidas de las que sólo queda el nombre. Aquí menciona a ese tal Tellinaro sin que se sepa quién fue ni en qué consistió su relación con la acequia que se le atribuye. Ahora vienen los pinos resineros, que los vientos marítimos han inclinado hacia el este, que están presentes a lo largo de un buen trecho de la vieja carretera nacional y contra los cuales la gente se estampaba (y se sigue estampando en la actualidad). Ahora los árboles son sagrados. Éstos los han dejado para que sirvan de mediana.

Fosso del Tellinaro, precioso, precioso. No sé, aquí es mejor prestar atención, adelantar al tráiler que va delante a toda hostia, piensa Giacomo, mientras las sombras de los troncos de los pinos, al proyectarse en la calzada, lo confunden y lo aturden.

La música apagada durante este tramo, por favor, dice, porque no es muy ducho en conducir. En general no es ducho en nada, pero su verdadera enfermedad, la que nunca lo abandona, es la prefiguración de lo peor que puede pasar. De pequeño, mientras regresaba a casa al caer la tarde tras un fin de semana en la playa, justo en esta carretera, justo en este tramo, en el que, para cada sentido, sólo había un carril constreñido por dos filas de pinos, se había formado un atasco que avanzaba a paso de tortuga. Al cabo de unos minutos, su madre había dicho: Niños, no miréis. Giacomo, que se había adormilado, se despertó a tiempo para ver a pocos metros de él, en la oscuridad iluminada por los faros, el cadáver magullado de un hombre tendido al lado de un coche siniestrado que se había estampado contra el tronco de un árbol. El recuerdo de aquella visión sigue presente en forma de prefiguración, incluso ahora que va a una fiesta a la playa con este par de holgazanes.

Venga, calma y atención, piensa Giacomo. Estamos liberando la energía presente desde hace millones de años en el petróleo que hemos comprado. El coche es violencia cinética controlada, pero se nos puede volver en contra. Hay quien dice que, como toda violencia humana, la velocidad no es más que otra forma de violencia capitalista que nos arrastra consigo en la aceleración de cada proceso vital. Los cojones. A lo mejor en algunos casos es verdad, pero, en otros, no. ¿Qué pasa entonces con las gacelas y con los guepardos? Bueno, no, seguro que es verdad, porque como todo es verdad y todo es mentira, como todo es una sombra de lo que en realidad existe, pues diremos que es verdad. Filosofía de primero de instituto. Y, sin embargo, quien ensalza lo humano nunca ha estado en la Pontina. A saber qué tenía que hacer Biba. Si me ha prestado el coche es que se ha ido en el coche de alguna amiga/amigo. ¿Amiga o amigo?

Giacomo se dio cuenta hace tiempo de que la filosofía teorética no le interesa mucho. Lo mismo que el resto de la filosofía continental. Es igual que el desayuno: está el inglés y el continental. El desayuno inglés no me gusta, pero, desde que Darwin apareció en mi mente, parece que ya no hay otra cosa. No tiene un pensamiento definido propio; estudia el pensamiento de otros y lo enseña de manera profesional. Forma parte de una escuela de filosofía romana que, con respecto a otras escuelas nacionales e internacionales, es bastante marginal.

Disciplina, si queremos llamarla así, residual, que, por increíble que parezca, se sigue enseñando en los institutos y de la que, por increíble que parezca, siguen existiendo departamentos universitarios, centros de investigación, diletantes, profesores y aspirantes a profesores, piensa Giacomo. Ojalá lo consiga. Convertirme al menos en asociado: eso siempre sería mejor que trabajar, mis padres estarían contentos con un hijo profesor y contaría con un salario de por vida, pensión incluida. La violencia de la Pontina no es nada comparada con la violencia sin reglas del mundo. Mi estrategia es estar al margen lo máximo posible y optar por la imbecilidad académica. Quiero vivir y envejecer en la inutilidad más absoluta, quiero volverme imbécil en medio de las luchas por el poder académico, quiero escribir directamente en inglés artículos de nula influencia, llenos de citas y de notas, que se publiquen en una revista de departamento de periodicidad anual. Sé que la vida, tal y como la percibo aquí en la Pontina, tal y como se manifiesta a ambos lados de esta carretera, no me interesa salvo, si acaso, como objeto de observación.

Se lo repite a diario: el objetivo no es hacer buena filosofía, que no existe, sino obtener un sueldo del Estado. *Primum vivere*, aunque al margen de la corriente principal para ser exactos. También se aplica aquí, a esta curva.

Venga, Già, se queja Filippo. Sabemos que es peligrosa y que hay tráfico, pero vamos tan lentos que la vuelves todavía más peligrosa porque nos adelantan los tráileres. Somos nosotros los que deberíamos adelantarlos, y no al revés. Pero tú eres el que va conduciendo, así que haz lo que te dé la gana. Yo aquí atrás voy relajado: no me entero de lo que decís. Enzo cree que Filippo se limita a disfrutar de los dones que la naturaleza le ha regalado: un cuerpo armonioso y musculado sin tener que hacer mucho ejercicio ni ir al gimnasio, porque es más vago incluso que él, que ya es decir. ¿Cuánto tiempo le durará ese físico? Más o menos hasta los cincuenta, tal vez más. De momento, Filippo parece confundido, descarrilado, pero a las mujeres les gusta y eso no es poco. Repara bicicletas y gusta a las mujeres.

El sol comienza a hundirse en el mar, que desde la Pontina no se ve, pero se intuye. Se sabe que está ahí, a pocos kilómetros hacia el oeste; su reverberación se percibe en las nubes y llega a derramarse hasta la piedra travertina de los edificios de la Exposición Universal de Roma. La calima humedece sin perder calor, el malestar físico aumenta, pero sólo para los que no tienen un Yaris con aire acondicionado. Las sombras de los pinos se alargan, el cielo se torna rosáceo, los conductores de los vehículos que avanzan en sentido contrario soportan unos rayos casi horizontales y bajan las viseras; los coches parecen vacíos. Enzo observa los estudios cinematográficos, que discurren por la derecha, en la distancia. Hasta hace unos años se podían ver algunas escenografías construidas para *La Biblia* de John Huston, una película que no le había gustado, pero que estaba bien volver a ver en la tele: le gustan los castigos divinos. Le viene a la mente Caín, que huye a paisajes desolados; el ángel de Sodoma, protagonizado por Peter O'Toole, y todo eso.

Dios se divertía, piensa Enzo. Le pedía a Abraham que sacrificara a su hijo en su honor y luego, en el último segundo, decía: Que no, hombre, que era broma, mata mejor este cordero, que es un animal y, por tanto, en términos humanos, no vale nada; era sólo para ver si eras obediente. La obediencia está presente en toda la Biblia: debes hacer lo que otro te manda. No es por casualidad, como diría Giacomo. ¿Y si Abraham hubiera dicho que no? ¿Dónde andará Biba? ¿Estará de verdad con unas amigas o se estará divirtiendo con un nuevo cachas? ¿Y qué amigas? ¿Las de siempre u otras nuevas? ¿Por qué me da tanta rabia que Biba sea tan independiente de mí? ¿De todos? ¿Por qué no soy capaz de reconocer que daría, si no cualquier cosa, sí mucho, como mi amistad con Giacomo, por verla? ¿Por qué estoy seguro de que en este momento está haciendo algo mejor de lo que estoy haciendo yo ahora y que no le paso ni por el pensamiento? Como un viaje a Ponza, una fiesta en Circeo, en Argentario, en Ansedonia, un festival de poesía en Isquia, qué sé yo, algo mejor que una fiesta de cumpleaños en Lavinio. Biba es como un animal salvaje: indomable, irreductible, inaprensible, incompresible, en resumidas cuentas, una cabrona.

Oye, Già, ¿cómo se llama tu prima?, pregunta Enzo.

Ah, sí, se llama Lavinia, responde Giacomo. Vamos a una fiesta en Lavinio en casa de mi prima Lavinia.

¡Qué fuerte!, exclama Filippo. Es como una fiesta en Alepo para Filippo, como Enzo tiene una tienda en via Cola de Rienzo. Lavar a Lavinia en Lavinio, o alivio en Lavinio para Lavinia. Lavinia *in love*.

Sí, ya lo pillamos, muy gracioso, dice Enzo. Centrémonos en la prima Lavinia. Giacomo, haznos una ficha técnica. Lo más importante: ¿está buena?

¡Ea, ya estamos!, dice Giacomo. A ver, buena buena, no, digamos medio buena, del montón, o sea, follable, pero no para babear. Es como las romanas: podrías decir que son guapas si no tuvieran ese algo que no te termina de gustar. No es que tengan un defecto físico explícito ni nada de eso, como un culo plano, sino algo indefinible, corriente, algo que se da aquí y que reconocemos enseguida aunque no sepamos qué es, algo sutilmente vulgar, o sea, romano…

Bueno, resumiendo: ¿es un callo malayo o no?, pregunta Filippo. Sabes que los callos se atraen entre sí y que esta fiesta estará llena de callos, ¿no?

Estaba tratando de explicarte que no es que sea un callo, Filippo, responde Giacomo. Pero sí que tiene algo que no me gusta. Acaba de licenciarse en Filología Moderna con sobresaliente y matrícula de honor. Es inteligente, simpática.

¿Tiene novio?

Pues claro: se ennovió hace como un millón de años con un compañero de la secundaria, o del instituto, en fin, con uno que conoció en el Pleistoceno y con el que forma una de esas parejas viejunas que ya casi ni follan, muy unidas pero cansadas, que se romperán pronto, pero que de momento representan tristes ejes sociales en torno a los cuales se aglutinan personas tan tristes como ellos, o casi. Es decir, todos muy listos, licenciados, prometidos y meritorios. Ni de derechas ni de izquierdas, o sea, de derechas.

No veas el análisis que nos has hecho en un momento, dice Enzo. ¿Y ahí es donde nos llevas?

Es una fiesta, Enzo, una fiesta como cualquier otra en Lavinio. Se llama turismo social. Tal vez no sea como me la imagino: tal vez sea mejor. Pero primero vamos a comer pescado. Eso es lo que importa.

Lo que importa es que te fastidia que alguien diga *cagoendiós*, salta Filippo.

¡Y dale! Otro día te lo explico, anda, que ahora no puedo: voy conduciendo por la carretera más peligrosa de Italia, ¿sabes?

Uuh, dice Filippo, y se toca las pelotas. Enzo también lo hace. Lo sobrenatural no existe, pero es imposible no tocarse las pelotas para espantar el mal agüero; sería un acto de arrogancia frente al Destino, el Azar, la misma Fatalidad, el tráiler que aparece de la nada de repente por el carril de grava lateral señalizado con el típico Zona de frenado de emergencia.

Giacomo se percata del gesto de Enzo y dice: Sois supersticiosos, como todos los ateos que blasfeman de un dios en el que no creen.

Vale, a partir de ahora diremos *cagoensós*. ¿Contento?

Son tres intelectuales, dos de ellos fallidos, el tercero encaminado, tres humanistas de instituto, criados en la cultura de la sospecha –tal vez del desprecio– de todo aquello que no es literatura o filosofía, incapaces de observar en profundidad el mundo de los objetos, la ciudad, el territorio, incapaces de leer sus señales, la cultura de quien ha producido el mundo artificial que los rodea. Únicamente Enzo, que se ha educado en la lectura de la obra de arte y en la producción estética, ve, intuye y descifra algo, aunque esa capacidad sólo sirve para hacerlo sufrir. Los otros dos, al no tener ni idea de lo que podría existir como alternativa a lo que en realidad existe, no sufren tanto. Para ellos la Pontina es Realidad; Spinaceto y Mostacciano también son realidades indiscutibles, como los ríos, como los árboles, como los Apeninos, que se aprecian a lo lejos, hacia el este. Para Enzo, en cambio, este paisaje urbano no es más que una de las realidades posibles. Fija la vista en la carretera, dice chorradas como los demás. De momento, no hay nada mejor que hacer. Biba le viene de nuevo a la mente. ¿Dónde andará?

Entretanto llegan al paso subterráneo de Pomezia, a las carreteras laterales en sentido contrario, más allá de las cuales se extiende un polígono industrial en decadencia con viejas naves que Enzo lleva viendo desde hace años: algunas de las empresas han cambiado de nombre; otras están en funcionamiento; otras, muertas. En el transcurso de su vida está experimentando el paso de la sociedad industrial a la posindustrial. Conoce la fórmula, pero no sabe qué quiere decir: alguien debe de haber fabricado este coche, lo mismo que este mechero y la camiseta que llevo puesta. A ver, los objetos de la sociedad posindustrial, ¿de dónde salen? De otros países que siguen en la fase industrial y nos producen las cosas a bajo costo, le dijo una vez Giacomo.

¿Y qué ha sido de los que trabajaban en las fábricas?

¿Ésos? ¿Los que se llamaban pro-le-ta-rios?, suele responder Giacomo. A ésos los prejubilan por una miseria o se reciclan para dedicarse a otra actividad relacionada con los servicios, como vendedores de *pizzas* al corte o dependientes en licorerías y pubs, o se quedan en paro y adiós muy buenas. Estas fases de reestructuración del capital machacan a la gente y a nadie le importa una mierda, ni siquiera a los Demócratas de Izquierda, y no digamos ya a Veltroni. Al capital no le interesa invertir directamente en actividades productivas si el margen que le garantizan las de carácter financiero es más alto y el dinero se puede mover en un nanosegundo. ¿Que la gente se queda sin trabajo? ¿A quién coño le importa?

Éstas son conversaciones que suelen tener.

Dejan atrás el polígono propiamente dicho, pero la hilera de naves industriales continúa casi ininterrumpida a lo largo de toda la Pontina.

Giacomo era un líder en sus años de instituto. Tomaba la palabra en las asambleas, soltaba análisis no del todo fundados pero bastante convincentes, organizaba manifestaciones; los fachas estuvieron a punto de darle candela y una vez incluso pasó «una noche en el calabozo en calidad de detenido». Enzo siempre ha envidiado su inteligencia, su cultura y su elocuencia, y agradece que nunca lo haya tratado como a un ignorante político, cosa que es, sino que haya tenido siempre la paciencia de pararse a explicarle las cosas. Lo mismo puede decirse de Filippo. Para ellos Giacomo es un maestro horizontal, es decir, un igual que les enseñaba. Y eso fue muy importante.

Ahora, ya menos. En parte porque los tiempos han cambiado y también porque él se ha hartado, trabaja para otros, piensa en otras cosas, en el sentido de que ya no es el Giacomo de antes. Filippo y Enzo también han cambiado. Filippo era más de tipo ejecutor: si había bronca, daba leña. Tenía valor y una mente militar, pero se veía que era un buenazo. Enzo se quedaba a un lado, vacilante, acobardado, pero observándolo todo hasta el menor detalle. Al principio, las consignas extremas, propias del antagonismo de instituto, le resultaban absurdas, luego asumibles y al final se convirtieron en puro teatro, en la puesta en escena de un antagonismo que serviría para alimentar y justificar la posterior integración de casi todos ellos, los privilegiados del norte de Roma, los burguesitos «que trataban de subsanar contradicciones insolubles», como dijo una vez Giacomo.

Integración difícil y todavía en curso para Enzo y para Giacomo, y no conseguida, de momento, en el caso de Filippo –aunque no está seguro de haberla buscado–, que no sabe, que no aspira a un trabajo cualificado, estable y profesional, y no porque persiga conscientemente un papel marginal, sino más bien por confusión, por aburrimiento, por desgana y por escepticismo con respecto a sus habilidades. Después del instituto intentó estudiar Arquitectura, pero se vio de golpe en medio de una barahúnda de estudiantes y profesores egotistas y veleidosos, extremistas en lo político e inmersos en el rechazo de la realidad.

Dicen una cosa y, luego, todo lo contrario, contaba Filippo. Son ambiguos, unos liantes; están divididos en facciones formales. Mira cómo serán que con algunos profesores está prohibido hacer cosas simétricas; con otros, no puedes salirte de la desestructuración; otros, en cambio, son minimalistas, lo cual, en teoría, sería más fácil, pero aun ahí existen reglas estilísticas. Hay que estudiar un montón de matemáticas que no sirven para nada. Seguro que todo es muy interesante, pero no es para mí, que apenas si sé dibujar. Me parecen falsos cultos que tratan de emular a los filósofos. A los sociólogos. A los psicólogos. Están hiperpolitizados, pero sin motivo alguno, porque, para lo que debe hacer un arquitecto, la política es completamente inútil. Arquitectura, al menos aquí en Roma, es un desastre. Pero hay un montón de tías buenas.

Filippo, incapaz de adaptarse a lo que se le antojaba un panorama trágicamente incoherente, dejó Arquitectura y se pasó a Ciencias Políticas, donde encontró justo lo contrario:

nada de tías buenas, un aburrimiento mortal y un afán exclusivo por estudiar, estudiar y estudiar cosas abstractas, como en secundaria. Y luego estaba lo de sus padres, dueños de una tienda de alimentación ya bastante asentada que, al morir en un accidente de tráfico en la A1, le dejaron un poco de dinero. Entonces él, hijo único, abandonó Ciencias Políticas, se compró una casita en Torpigna y abrió un taller de bicis en un local alquilado en un centro social, donde arregla y vende bicicletas nuevas y de segunda mano. No le va mal, pero, aunque no lo demuestra, se siente insatisfecho. La que parece una elección consciente e ideológica en realidad esconde el sentimiento venenoso de no ser capaz de apañárselas. Sin embargo, en secundaria le iba mejor que a muchos: nunca suspendió, sacó los exámenes finales con media de siete. Considerado un adonis –en el instituto era todo un mito sexual–, nunca le faltan mujeres a las que entregarse, aunque lo hace como quien no quiere la cosa: deja que sean ellas las que tomen la iniciativa, las que se le acerquen; seguro de que nunca le faltarán. Incapaz de matar una mosca –la fama de matón de fascistas que se ganó en el instituto le da mucha rabia–, viste con vaqueros, camisetas ajustadas y cazadoras *bomber* de piel en invierno y de algodón en verano. En definitiva, entra, como todos, en su formato de adopción: un derivado tardío de Fonzie, el de *Los días felices*, que a su vez era un derivado de la figura del típico rebelde de los años cincuenta. Su actitud ante la vida, que ya se ha convertido en una constante, es una especie de indiferencia general, de hastío y de desprecio tácito, como si lo que de verdad contara fuera otra cosa y se encontrara en otro sitio.

Enzo y Giacomo lo aprecian mucho, no entienden a su amigo, pero saben que no tiene maldad. Están convencidos de ello. Eso sí, Filippo, sin que los otros dos lo sepan, lleva años acostándose, en plan sadomaso, con Biba, que va a su casa todos los miércoles y se le somete de varios modos. En cada uno de estos encuentros, Filippo le exige que sea ella quien le pida que la ate y que la azote, pues él –aunque nunca se lo ha dicho– carece casi por completo de pulsiones sádicas. Azotes más que nada simbólicos, puesto que ella no quiere que le queden marcas en el cuerpo y a él le fastidia hacerle daño. ¿Por qué no te buscas a un sádico de verdad que te pegue en serio?, le preguntó una vez. Porque me gustas tú, me gusta obligarte a hacerme cosas que no me harías por voluntad propia y porque ahora estoy con Giacomo: imagínate si descubriera que tengo marcas de fusta en el culo. Me gustaría tenerlas, no sabes cuánto, sobre todo que me las hubieras dejado tú; me gustaría que me hicieras cosas violentas de verdad, pero para mí son tiempos complicados y contigo, en esta fase, me limito a las humillaciones. ¿Por qué?, le preguntó aquella vez Filippo. ¿Es que va a haber otras fases? Pues claro, le respondió ella.

En el asiento del copiloto del Yaris de Biba hay una manchita suya de esperma que convive con otros restos mínimos de esperma dejados por Giacomo y por Enzo.

Los tres, con puntos de partida y resultados distintos, son hijos del ciclo evolutivo de la clase media y media baja. Sus abuelos y bisabuelos se partieron la espalda para elevar el patrimonio y la cultura de sus hijos que, a su vez, aunque con menor esfuerzo, pues ya llevaban ventaja, continuaron su consolidación social en cuanto que enraizamiento en la clase social media de la Roma de la segunda mitad del siglo XX, compuesta básicamente de asalariados, comerciantes, profesionales y, sobre todo, de abogados y especuladores inmobiliarios, que garantizaron a su prole buenos estudios y la posibilidad de elegir su futuro porque había medios. Fue así como los vástagos nacidos en los setenta, al rechazar las profesiones liberales de sus padres, acabaron dedicándose a lo superfluo, a la cultura (como Giacomo) o al arte (como Enzo en teoría), con la excepción de algunos como Filippo, que, al elegir actividades consideradas absolutamente marginales en su burbuja social de pertenencia, rechazan todo tipo de integración (al menos en principio, luego nunca se sabe). Al cabo de varias generaciones, el ciclo de la clase media produce su propia negación no radical, aunque conserva los privilegios de clase adquiridos y el patrimonio familiar, que, por regla general, te garantiza al menos una casa propia. Es el caso de Giacomo y de Filippo. Enzo sigue viviendo con sus padres, está a gusto, no lo echan ni con agua caliente, en parte porque, si lo hicieran, tendrían que desalojar para él uno de los pisos que tienen alquilados y que, de momento, les permite disfrutar de una vida acomodada.

Roma es una ciudad estancada, donde los patrimonios, ya sean pequeños o medianos, se conservan durante mucho tiempo sin aumentar ni disminuir demasiado por falta de inversiones de riesgo. El dinero termina en bonos del Estado de bajo interés, o subsiste en forma de casas, apartamentos o bloques enteros de pisos. En el fondo, la ciudad es rica. No toda la ciudad, aunque sus áreas centrales, los barrios del norte y del oeste, las franjas intermedias del siglo XX y las vastas zonas de vandalismo inmobiliario que van expandiéndose por todas partes, son de un aburguesamiento inalterable, plácido, silencioso, estúpido y estable que no se ve porque no es propenso a exhibirse y gasta con prudencia atávica: que si la berlina alemana de media cilindrada, que si la casa en Santa Marinella, que si la pequeña intervención estética, una escapadita de vez en cuando, unas vacaciones exóticas, una semana de esquí, restaurantes con frecuencia, cine a veces, teatro casi nunca. Luego están los costes secretos de los vicios que serpentean bajo la piel de la ciudad, en todas direcciones: la prostitución, los juegos de azar y la droga.

Giacomo, Enzo y Filippo son hijos de este agresivo batiburrillo socioinmobiliario, de este monstruo inmóvil hecho de ladrillo, cemento y carne humana, que se muestra benévolo siempre y cuando sigas sus reglas, a saber:

—la regla del retraso, del desperfecto, de la negligencia, de lo estropeado, de la carencia, de la ineficiencia del anarquismo fascistoide, de las microciudades, de las carreteras de circunvalación;
—la regla del Grande Raccordo, de la lentitud, del siempre lo mismo desde hace una generación, la regla de la basura, de la mierda de perro, de las pantuflas por la acera, de los fachotatuados, la regla de las motos por todas partes, la regla de los cementerios rebosantes de ataúdes, la regla del irse de playa, que nuestros amigos GEF están siguiendo hoy;
—la regla de los ailantos, de los cañizales, de las robinias pseudoacacias que nacen en las medianas, de las higueras que rompen las aceras, la regla de los zorros, de los jabalíes, de las nutrias que viven salvajes sabiendo de los humanos lo único que tienen que saber;
—la regla de las cosas que suceden pero lo hacen demasiado lejos como para que nos lleguen a tiempo, la regla del túdequieneres, de lo barroco, del no saber quiénes somos ni por qué llevamos aquí dos mil setecientos años radicados en estos bosques, encinares compactos, castañares espesos, lejos del mar, por pocos kilómetros, pero aun así lejos, muy lejos.

GEF no saben lo suficiente de sí mismos ni de su ciudad, no saben en qué quieren convertirse. Nunca lo sabrán y tampoco es que les importe demasiado, sobre todo esta tarde en que van de camino al sagrado mar Tirreno bajando a lo largo de una costa que no se deja ver y que únicamente aparecerá al final: un mar violáceo bajo un cielo en llamas.

Bueno, ¿y a ti te han nombrado algo ya, eh, Già?, pregunta Enzo.

¿Nombrado? Ah, ¿te refieres a la universidad? No me han nombrado nada, he terminado una cosa que se llama *doctorado*.

O sea, que te siguen teniendo en la sala de espera, ¿no?, dice Enzo.

Exacto, y ahí tengo que quedarme unos añitos. Luego, si me va bien, o sea, si apruebo las oposiciones para una beca de investigación, entraré en la antesala.

¿Y después?, sigue Enzo.

Después, si la cosa va bien, es decir, si me consideran útil, por no decir indispensable, para el profesor o para el departamento, o, en resumidas cuentas, para la institución o, si resulta que soy demasiado bueno para dejarme escapar, me *hacen ganar* la oposición de investigador. Y recalco el me *hacen ganar*. Después de eso, puedo considerarme *casi* dentro. Y recalco el *casi*.

Pero bueno, ya te pagan todos los meses, y no poco, remarca Enzo.

Sí, pero al terminar el doctorado te pueden decir: Pues nada, que te vaya bonito, responde Giacomo.

Enzo observa a Giacomo, concentrado en la carretera; lo ve de perfil: nariz carnosa, labios gruesos como salchichas, ojos de un verde intenso y piel blanca y llena de pecas, la típica de los rubicundos; alto, corpulento, con sobrepeso y el pelo liso, muy largo, tirando a pajizo, que no se ha lavado recientemente. Enzo se lo envidia, pues él apenas tiene una especie de pelusilla que se parece a la que se acumula debajo de las camas. Se le están formando entradas a una velocidad increíble, y seguro que ya se aprecia un atisbo de calvicie clerical que él no se ve en el espejo, pero sabe que existe, pues desde hace unos años se quema justamente ahí cuando le da el sol.

Giacomo no es guapo, aunque tampoco feo; tiene una especie de expresividad corporal que se manifiesta en la pesadez de sus extremidades, en su respiración, en la lentitud con la que se mueve y combina palabras y gestos. Es de estilo y dicción elegantes, escoge las palabras; es receptivo, sensible al entorno y, cuando quiere, incluso cálido. Enzo y Filippo no solamente lo respetan y lo aprecian, sino que, cuando razona, lo siguen atentos, fascinados, porque es capaz de decir cosas de las que ellos no tenían ni la más remota idea, cosas que jamás se les habrían pasado por la cabeza, cosas que sabe decir con precisión. Y puede que ese don de palabra sea artificial, que obedezca a un adiestramiento en la pronunciación, pero parece fluido y natural, como si fuera cosa suya. Para ellos, ya desde la secundaria, Giacomo siempre ha sido un referente, alguien que organizaba las mentes de sus amigos o, al menos, las cuatro o cinco ideas que las rondaban.

Pero esto –según el enunciado de la Ley Universal de la Amistad que reza así: la amistad no resiste ni el impulso de la carrera, ni el dinero, ni el eros– no impide a Enzo tener una relación con la novia oficial de Giacomo. No se trata únicamente de sexo. Sexo hay, pero ante todo está el placer de charlar y de entenderse con esa facilidad con que lo hacen desde el instituto. Después de hacer el amor se pasan las horas fumando y contándose cosas de todo tipo. Hace tiempo que dejaron de tratar de entender el vínculo que los une y de imaginar un futuro juntos. De momento, las cosas están así: ella vive con Giacomo, y él, con sus padres. Ninguno de los dos tiene al alcance las herramientas necesarias para salir de esa situación. Además, ella le asegura que quiere a Giacomo, a lo que Enzo responde con un *cagoendiós*, a lo que Biba replica: Pero ¿qué necesidad hay de decir palabrotas? Me gusta y me desahoga, le contesta él.

Filippo sabe lo de Giacomo y Biba, como es normal, pero no lo de Enzo. Y Enzo no sabe lo de Filippo. Giacomo no sabe nada de nada, o eso parece. Es un cuadrilátero de traiciones cuyos vértices sólo Biba conoce. Sólo ella sabe la necesidad de sumisión de Giacomo, los juegos sexuales sadomasoquistas en los que es ella quien asume el papel dominante y se vale ritualmente de ese cuerpo masculino grande, mórbido, blanco, pecoso y rollizo, que suda a la mínima y que, cuando lo hace, no emite muy buen olor que se diga. Filippo, para quien Biba es una perversa, no puede ni imaginar cuánto lo es en realidad. Enzo, que no sabe nada de todo esto, la considera una mujer sensual que hace el amor de manera completamente normal y que lo disfruta.

Biba, pasante en un bufete de abogados a la espera de que salgan las oposiciones a fiscal, alquiló la casa que le compraron sus padres –un miniapartamento con altillo, de cincuenta metros cuadrados en Monti, que le proporciona más o menos ochocientas mil liras al mes– con la intención (ella también) de volver a vivir un tiempo con su familia, aunque luego se autodesvió para irse con Giacomo, hombre-refugio con una vertiente histérica que conoce y sabe manejar. Biba, de ojos y pelo oscuros, guapa, pero que no hace un uso utilitario del efecto que su atractivo produce en hombres y mujeres, que no se capitaliza ni se privatiza, pero a la que le gusta entregarse y dar que hablar. En lugar de encerrarse en la regla del *y tú quién eres, a ti quién te conoce*, típica reacción del provincianismo femenino romano, del *como estoy buena, me espera lo mejor, y tú no eres lo mejor*, propia de sus coetáneas guapas, Biba, que es inteligente y efervescente como la gaseosa, parece no darse cuenta del hechizo que conjura a su alrededor y actúa con desenvoltura, por lo que resulta intimidante, incomprensible y adorable.

Biba ha ido dejando gradualmente de ser la comunista que fue en el instituto y luego, aunque menos, en la universidad. En esto no difiere de muchos de sus amigos y compañeros de antes, con la excepción de Giacomo, quien, en lugar de alejarse del credo que impregnaba su instituto al completo, incluidos los enlucidos, los ladrillos, los enyesados y las lánguidas volutas neobarrocas del edificio, ha profundizado en él y lo ha estudiado hasta convencerse lo justo de manera crítica para declararse comunista. Biba sabe que para él es muy importante tener una ideología diferente de lo que llama *orgía del conformismo*, que, «desde 1989 en adelante, no ha hecho más que crecer hasta convertirse en la fiesta pagana que los sucesivos gobiernos de Berlusconi han instaurado y acrecentado».

Ya no hay vuelta atrás, le ha dicho. Biba le cree. Y, sin embargo, no quiere estar de morros con el sistema, como le pasa a él, o no llega a hacerlo, que, a fin de cuentas, es lo mismo. En esto se parece a Enzo, a su indeterminación, a la vaguedad de su juicio sobre el presente. Enzo no sabe casi nada de sí mismo ni de su lugar en el mundo; sólo sabe lo que le gusta y lo que no a medida que se le va presentando, como si todo fuera susceptible de someterse a un juicio estético y, en lo que respecta a la política y a la gente en general, de *estilo*. Biba es más decidida y tiene los pies en la tierra; lo que pasa en el País le trae un poco al pairo, carece de sentido de pertenencia política y rebate a Giacomo: Mejor nos centramos en lo que depende de nosotros, Epicteto.

Y Giacomo le responde: Una afirmación de ese tipo supone el fin de la política... Discurso largo y complicado.

Biba tiene a sus tres queridos y viejos compañeros de instituto comiendo de su mano. Desde que iban al cine los cinco, cuando también estaba Clara, y ella era la novia semioficial de Enzo, nunca se ha separado de GEF; es más, el vínculo que forjó con cada uno de manera individual y grupal se ha estrechado. Tiene otros amigos y ha vivido otras historias, pero siempre vuelve a GEF, como los llama ella, como si fueran un único organismo, aunque sean tan diferentes entre sí. Los quiere, se los beneficia, son su familia secreta aunque ni siquiera tienen conciencia de serlo. No sabría decir por qué las cosas entre ella y GEF son así, pero lo cierto es que nunca ha habido el menor problema. Y cada uno de ellos la quiere a su modo y le da lo que busca y pide, siempre de manera explícita. De vez en cuando, piensa que sería sensato tener un hijo con Filippo, el más guapo, tal vez el más inteligente en el fondo, de seguro el más follable. Pero es pronto y, hoy por hoy, no está segura siquiera de que lo desee.

Este fin de semana tengo planes, le había dicho a Giacomo.

Giacomo no le había preguntado qué planes eran ésos –aunque le habría gustado–, porque eso no entra en el código de comportamiento que existe entre ellos.

Te dejo el coche; me voy con unas amigas, había añadido Biba. Nos vemos el domingo por la tarde o el lunes por la mañana. Un beso.

Ambos saben que siguen contando con sus respectivas familias, dispuestas a ayudarlos en lo que sea y, en el caso de Biba, también con el apartamentito de Monti.

Giacomo sigue sudando un poco. Sube el aire acondicionado, y el Yaris pierde un poco de potencia en los adelantamientos, pero sólo se da cuenta él, que tiene la vista puesta en la Pontina, una de las tres o cuatro carreteras que conducen a la costa y se alejan del viscoso cuerpo de la metrópoli de la que, a esta hora de la tarde de un viernes de julio, cuesta despegarse porque todos han tenido la misma idea y salen que se las pelan de Roma ante la perspectiva del fin de semana. Los ves dentro de sus coches, pálidos, extenuados, encerrados en sus habitáculos con el aire acondicionado a tope. Algunas familias se van de vacaciones con el coche cargado hasta arriba. Y luego están los furgones y los camiones que regresan a las zonas agrícolas del campo pontino, que se dirigen al valle de Terracina o más abajo, a las fértiles tierras de Fondi, dedicadas por completo a la agricultura intensiva.

Éstos conducen acalorados, molestos, cansados, con la arrogancia y el desprecio por el tráfico privado típico de los conductores profesionales, quienes se tiran el día en esa carretera donde, semana tras semana, pasarán el resto de sus vidas. La interminable hilera de naves –muchas de las cuales son antiguas y otras están del todo obsoletas, abandonadas o bien nunca llegaron a terminarse y llevan décadas dejadas de la mano de Dios– continúa a lo largo de las vías de servicio de los polígonos industriales, debidamente señalizados con las listas de las empresas allí presentes y a menudo interrumpidos por la nada agrícola.

Giacomo y Filippo son bastante indiferentes al paisaje que discurre ante sus ojos. No ocurre lo mismo con Enzo, quien, desde que nació, siente la necesidad de emitir un juicio constante sobre lo que ve y que, en ese momento, rumia sobre lo que estarían pensando los arquitectos que diseñaron esas edificaciones, muchas aún incompletas, y algunas ya en ruinas. A saber dónde habrán acabado los empresarios que pusieron el dinero para construir estos abortos, piensa. Granujas como los de las películas de

Dino Risi: fondos inexistentes, préstamos denegados, intereses acumulados; ya no hay liquidez ni para terminar la nave, y adiós muy buenas. Ésas fueron las trampas en las que cayó la pequeña y mediana empresa cuando comenzó a destruirse a sí misma y los territorios donde se asentaba.

Me acuerdo de la época en que las pequeñas fábricas de por aquí seguían tirando, dice Enzo. Era un crío y las veía cuando iba de camino a pasar *mis* cuatro meses de playa.

Tus cuatro meses, dice Filippo. Qué cabrón. Yo me cogía tres semanas, que era el tiempo que mi padre cerraba por vacaciones. Íbamos a Campo di Mare, en Cerveteri. A mí no me parecía bonito, sino lo siguiente. Era felicidad pura. Pero ya sabes, cuando eres pequeño te conformas con cualquier cosa y hasta te gusta Campo di Mare. No había quien me sacara del agua.

Eso es verdad, responde Enzo. A mí me gustaba Anzio, ya ves. La primera vez que me llevaron, mi padre había alquilado un piso en la cuarta planta de un bloque con vistas al puerto, justo encima de los astilleros, donde se dedicaban, sobre todo, a parchear los pesqueros, que en aquellos tiempos todavía eran de madera. La primera vez que salí al balcón, me quedé de piedra por lo bello que me resultó el mar. Sólo conocía el mar de Scauri, visto desde la playa, el oleaje y todo eso. Pero allí la vista se perdía a lo lejos y, además, estaban las rachas de viento en el agua, lisa y de un azul intenso.

Yo, en cambio, iba a casa de mi abuela en el campo, un auténtico coñazo, hasta que mi padre me regaló un tirachinas, salta entonces Giacomo. Lo llamábamos *tirachinas asesino*. Antes de ése, fabricábamos una versión artesanal con tiras de cámaras de aire y una horquilla de madera. Pero aquél era, por decirlo así, profesional: de hierro, con elásticos tubulares y bolitas de acero por proyectiles. Me convertí en un matagorriones y matalagartijas. Un auténtico asesino. A la playa me llevaron más adelante, cuando ya era un poco mayor. El médico decía que era linfático. Nunca he sabido qué es un linfático. Íbamos a Lavinio. Era bonito; estaban mis hermanas y mis padres. Mi prima era pequeña. La playa era lo que era, siempre me quemaba, pero a mí me parecía maravillosa. Cuando en el departamento sale el tema filosófico de la felicidad, y con las tesis sucede continuamente, yo pienso, y a veces también lo digo, que el único lugar dedicado por completo a la felicidad es la playa y que, filosóficamente hablando, habría que ir allí a buscarla.

La filosofía de la playa, dice Filippo.

La fenomenología de quedarse en la orilla, añade Enzo.

Muy bueno, sí, algo así, responde Giacomo.

A mí, cada vez que pienso en la playa, se me vienen a la cabeza culos, tetas y ombligos, y de ahí nadie me saca, salta Filippo en voz alta para que lo oigan desde atrás. Esto me pasa desde que dejé de jugar con el cubito y la pala, pero yo diría que incluso desde antes. Para mí es el sitio más erótico que existe.

A ver, Fili, digamos que los culos tienen su peso incluso fuera de la playa, dice Enzo.

El mar, el mar, el mar, dice Giacomo. Esa franja de arena tan larga, llena de casas, chalecitos y bloques de dos pisos. El mar, tanto para los romanos como para nosotros, es una especie de sueño utópico, una vida alternativa que nunca llega a materializarse y que consiste principalmente en Quedarte-Para-Siempre-En-La-Orilla, dándote chapuzones en el agua porque el sol te quema. La playa como utopía, como lugar de felicidad eterna, intangible, y por eso nosotros vamos a la playa esta tarde, porque nos atrae a partir de mayo y lo va haciendo cada vez con más fuerza durante junio y julio. El mar está en Roma, lo tenemos justo al lado; hay días en que huelo su fragancia en el viento que, colándose entre los edificios, llega hasta Villa Mirafiori cuando salgo a fumar. El mar es la nueva trascendencia sagrada e indiscutible. ¡Alegraos, que vamos a la playa!

¡Venga, Già!, dice Filippo. No te enteras de una mierda, como siempre: Enzo y yo estábamos con los culos.

Los culos están incluidos en el paquete playa, apunta Giacomo.

Pilares básicos, dice Filippo.

Pilares básicos, repite Giacomo.

Y, también, en el paquete ciudad, dice Enzo. Y diría más: en el paquete vida. Los culos son la vida. La muerte es la negación de los culos. Para mí los culos lo son todo: son el motivo por el que sigo vivo y aún no me he colgado.

¡Pero qué exagerado!, exclama Giacomo. O a lo mejor no. Si consideramos los culos como una parte por el todo, entonces lo que dice Enzo es cierto y se aplica a todos nosotros. No existen muchas más razones para vivir.

Siguen con el cachondeo: es lo mejor que saben hacer; es como jugar a pasarse la pelota al vuelo metidos hasta la cintura en el agua: no debe caerse si no quieres que te hagan una ahogadilla.

Giacomo, Enzo y Filippo pertenecen a la ciudad, *son* la ciudad; se nutren de ella y a su vez la retroalimentan con una ínfima contribución: el clima mental colectivo. De entre sus padres, sólo algunos nacieron en Roma, pero la ciudad los asimiló igual, desde la cuna. No los acogió, no los reconfortó, no los defendió, no los educó, no los formó, sino que los asimiló y los convirtió en parte de su masa informe, carente de un sistema circulatorio real, en coma perenne, pero henchida de su propio mito. Roma, al construirlos y darles forma a su imagen y semejanza, los hizo paradójicamente antiguos, es decir, indiferentes a lo nuevo y a lo foráneo, que siempre acogen e incorporan aunque sin comprenderlo, sin comprender nada, nunca, hasta la muerte, por falta de verdadera atención al mundo.

Son conscientes de lo que son y sufren, como también sufren los coetáneos que se quedan a vivir aquí, mientras que aquellos que se van –por lo común hacia los centros del Imperio anglófono– sufrirán de por vida el distanciamiento de los cielos amplios y profundos de la ciudad, de su lento y reconfortante letargo, de la posibilidad de ir a la costa y comerse un plato de espaguetis con telinas llenas de arena en un chiringuito de la playa.

La carretera discurre por ondulaciones sucesivas, sube y baja hasta la intersección con la Nettunense, a la altura de Aprilia, otra creación facha, como Pomezia, aunque desde el paso elevado la ciudad no se ve, incluso la curva a la derecha resulta casi invisible. La rampa es estrecha; la incorporación, incómoda; no hay visibilidad a la izquierda; los tráileres van a unos setenta kilómetros por hora, cuando el límite en el cruce seguramente es de treinta. Giacomo los ve pasar, pero no llegar. La Nettunense también es estrecha, tiene un tráfico espantoso y serpentea entre dos filas ininterrumpidas de fábricas, casas, casitas de campo y pequeños chalés al más puro estilo geométrico, los cuales van aumentando en número a medida que se aproximan a la costa.

En la última media hora han evitado –sin ningún esfuerzo– pensar en el muerto de Génova y sólo lo han mencionado de pasada. Pero las noticias de la radio vuelven a hablar del tema; es el titular del día.

Un muerto en la calle, dice Enzo distraído. ¿Se ha dejado matar por los antiglobalización? Luego lo piensa mejor y, como volviendo en sí, dice: La primera víctima del Gobierno fascista o parafascista. Apenas si han empezado y ahí lo tienes: Fini de vicepresidente del Consejo y ya hay muertos en la calle. Hasta ahora no me había percatado, casi no me había dado cuenta de la transición. Pero, ahora, toma transición al canto.

Escuchan las noticias. No está muy claro cómo ha ocurrido. La versión oficial es que ha sido una pedrada en la cabeza, pero hay voces que apuntan que ha sido una bala. Cuando sintonizan las cadenas independientes, también éstas hablan de lo mismo: Se ha oído un disparo en piazza Alimonda. Y: Hay un joven tirado en el suelo.

Le habrán disparado, dice Giacomo. Tienen armas y antes o después las usan, sobre todo si saben que tienen las espaldas cubiertas. Deberíamos haber ido...

¿Dónde, a Génova?, pregunta Filippo. ¿A Génova con los antiglobalización? ¿Tú eres un antiglobalización? Yo ni siquiera sé quiénes son los antiglobalización. A ver, lo sé, pero no al cien por cien, sólo de oídas. ¿Tú lo sabes?

He leído *No logo: el poder de las marcas*, de Naomi Klein, continúa Giacomo. Bueno, no me lo he terminado, pero lo que viene a decir es que las grandes empresas deslocalizan la producción, se la llevan a países donde la mano de obra es más barata e invierten en *marketing*, es decir, en la difusión de la marca como referencia cultural mundial y, en última instancia, como estilo de vida.

Eso ya lo has dicho, Già, dice Filippo.

Giacomo no le hace caso y continúa.

No entiendo muy bien por qué lo hacen, es decir, cómo funcionan los mecanismos económicos, pero que lo hacen, eso es seguro... En resumen, es el poder de las multinacionales... Siempre vamos a lo mismo... Los documentos que las Brigadas Rojas publicaron hace veinte años hablaban del SIM, o sea, del Estado Imperialista de las Multinacionales. Los periódicos los definían como «textos delirantes»... Vale, los antiglobalización dicen las mismas cosas, quizá de un modo más ingenuo, pero les disparan igual... Si cabreas al Capital, éste te dispara, colega. Nosotros vamos a la playa; no hemos ido a Génova, así que el Capital no nos va a disparar. ¿Estamos?

No jodas, Già, dice Filippo. Las Brigadas Rojas también disparaban y eso no lo cuentas. Desde el instituto tienes el capital entre ceja y ceja. Bottelli nos explicó a Marx tan requetebién que hasta yo lo entendí y me enteré incluso de qué es lo que hace el capital, aunque a fuerza de arreglar bicicletas...

Y de follar, añade Enzo.

... se me ha olvidado. Yo aquí lo único que veo es una policía fascista que, por una vez, coincide con un Gobierno fascista que mata a manifestantes porque no sabe de qué otro modo contenerlos y, sobre todo, porque quiere demostrarles quién manda...

Lo que no puede ser es que el capital sea la explicación de todo, Già, dice Enzo. Algo existirá fuera de esa lógica, digo yo. Aquí hace tiempo estaba Palmolive...

Muy bien..., dice Giacomo. Ahora mismo el capital controla tres cosas: la economía, la política y la posibilidad de obtener consenso sin mediación... Los medios de comunicación de masas y demás están en manos del capital, la política está en manos del capital; el dinero es suyo, casi en su totalidad. Si existe algo fuera de esta lógica, tarde o temprano se la cargan. A las voces antagonistas que amenazan con convertirse en un problema político les ocurre lo mismo... Si quieres vivir en este planeta, debes contar con el beneplácito del capital. Y el capital, mira qué casualidad, está obteniendo un consentimiento unánime mundial. En esto es en lo que hacen hincapié los antiglobalización. Si crees que este discurso no tiene ningún tipo de fundamento, pues tienes razón, pero estamos en la Nettunense y vamos de camino a comer pescado.

Si es así, entonces la política no sirve para una mierda, dice Filippo como distraído, aunque me da a mí que, si el Mierda está a la cabeza del Gobierno, es peor que cuando no lo está...

La política del bipartidismo se asemeja a la alternancia de dos curas que supervisan el patio de recreo de un colegio, contesta Giacomo: está el que deja hacer a los niños lo que les da la gana y el que, afablemente, los invita a comportarse bien, pero sin lograrlo. La política hace lo mismo con el capital, añade, satisfecho por la potencia de la metáfora.

Enzo y Filippo callan, pues hay demasiado de lo que se debería hablar: está el muerto de Génova; están sus vidas, aún por planificar por completo o casi; está el tener que encontrar un lugar en el mundo; está el enigma de las mujeres, y, constantemente, en la mente de los tres, está Biba. Y está el mar, que ha aparecido hace un rato y que inunda sus miradas con ese cerúleo esmaltado que el agua del Tirreno es capaz de asumir al atardecer en una tranquila tarde de julio.

Hace unos minutos, poco antes o poco después del letrero en el que podía leerse «Municipio de Anzio», tras una serie de rotondas, a la izquierda, por detrás de un muro, se entrevió la extensión de cruces del cementerio estadounidense, una especie de ejemplo de compostura y orden en el reino de la forma arbitraria, del desorden, del batiburrillo, del quiero y no puedo, del no lo consigo, nunca lo he conseguido, del ni siquiera lo habíamos pensado, del iros todos a tomar por culo, del vamos a esperar a la siguiente condonación (que al final llegará). Sin embargo, el Desembarco de 1944 aquí fue una guerra con todas las de la ley, y duró meses. Las contiendas, no obstante, en cuanto terminan, se entierran en las mentes del mismo modo en que los muertos se sepultan en la tierra, con la diferencia de que a estos últimos se los señala con cruces, o con estrellas de David, mientras que no hay nada que señale la sepultura de la memoria, salvo algún feo u horrendo monumento a los caídos en una plaza. En Anzio existe incluso un restaurante dedicado al Desembarco, que es como si en Hiroshima hubiese un bar llamado Enola Gay, piensa Enzo.

Siguiendo las indicaciones de Enzo, que sabe dónde se puede aparcar, entran en el pueblo por el lado de poniente, donde la carretera se ensancha a lo largo de los restos, comidos por el mar, de la Villa de Nerón. Embocan el paseo marítimo y, a través de las ventanillas abiertas de par en par, los asalta el olor bueno/malo de los langostinos a la plancha y de la quitina del caparazón carbonizado, que huele a pelo chamuscado; el aroma graso del pescado cocinado al aire fresco del mar, que enseguida presenta algunos de sus atributos, entre los que destaca la fragancia a salitre y a fritura de pescado. Encuentran aparcamiento para el Yaris y cuando tras bajarse por fin del coche se desperezan y estiran las piernas, muertos de hambre, en el sentido de que están llenos de vida, la brisa marina que sopla en el parking les hiela la espalda, encharcada en sudor, los brazos pringosos, y las corvas, descubiertas por debajo de las bermudas. El aire barre de un plumazo el cansancio que llevan encima y la vida vuelve a bullir por sus jóvenes y elásticas arterias. Guiados por Enzo, enfilan la acera que discurre a lo largo de las casetas y llegan al puerto viejo. Por encima de ellos flota un ligero tufillo ácido, a sudor, que el viento se llevará enseguida.

El puerto viejo también huele a pescado, pero de otro tipo. Es aroma a restaurante y a freiduría, pero también hedor a redes de pesca, a pescado podrido, a agua sucia, a cajas amontonadas en los pesqueros. Huele a carburante desechado, a gasóleo quemado, a cloaca, a algas. En el hormigón de este muelle acontecen los momentos esenciales del culto al pescado cuando, al caer la tarde, lo descargan de las barcas en cajas cubiertas de hielo y lo cargan en furgones refrigerados para transportarlo por ahí, tal vez a Roma. Algunas de estas cajas se quedan en el muelle y los pescadores las venden por su cuenta a la gente. Son descartes para frituras, pescado muy fresco y barato. A ojos de Enzo, la venta vespertina de las cajas en la popa de los pesqueros siempre resulta un poco triste. No sabe por qué.

Un sitio bonito y cutre al mismo tiempo. ¿Cómo te comes eso?, murmura Filippo.

Exacto, responde Enzo.

Justo debajo del muelle, en el agua cubierta por una película madreperla de gasóleo, pululan mújoles arremolinados en torno a unos trozos de pan flotantes. Nadan con la cabeza prácticamente fuera del agua. Un poco más allá está la desembocadura de los desagües, su principal fuente de alimento, según dicen, y por eso también se dice que comer mújoles del puerto equivale a comer mierda. De niño, Enzo se quedaba embobado contemplando este vasto espejo de agua sucia con la esperanza de ver saltar algún ejemplar grande, cosa que era más probable que ocurriera en días calurosos y sin viento. Nunca ha sabido por qué. Según los pescadores, se debía a que el agua estaba demasiado caliente.

En este mismo muelle, en las cocinas de los restaurantes colgantes que siempre han cubierto una parte de su tramo y que ocultan parte del espejo del puerto, el culto al pescado exige el rito del cocinado y el consumo, a precios elevados, de animales que pocas horas antes nadaban rebosantes de vida en el elemento agua, sin saber qué es lo seco, lo enjuto, el universo, sin la más remota idea de lo que es tener *peso*.

Ahí están los hidroplanos manufacturados en Rusia para ir a Ponza, los *Raketa*, máquinas icónicas, bastante obsoletas, con una aleta vertical –el padre de Enzo dice que las fabricaban en Odesa, en el mar Negro, en los tiempos de los soviéticos, lo que explicaría su aspecto futurista–, ancladas un poco más adelante, a la espera de la travesía de mañana por la mañana, cubiertas por capas y capas de pintura blanca.

También están las viejas heladerías, que Enzo conoce a la perfección, donde te traen el helado a la mesa en una copa de cristal acompañada de una cucharita metida en un vaso y, en la misma bandeja, una jarra metálica con agua para llenar el vaso y enjuagar la cuchara. A saber por qué. Ya casi nunca viene a Anzio; sólo viene a tomar el fresco en la terraza cuando hace mucho calor en Roma. Las cosas han cambiado mucho desde que era niño, en los setenta: la playa ha ganado en anchura y se ha extendido bajo el mirador, que ya no se proyecta sobre el mar; el turismo ha aumentado, se ve mucha gente, sobre todo de paseo por el muelle del puerto Innocenziano. Los fines de semana estivales, vivir en la vieja casa familiar que da al puerto resulta casi imposible por el ruido que llega de abajo. Proliferan las tiendecitas y los locales de tres al cuarto. Aquí el turismo también destruye todo lo que toca. Un manto horrendo y compacto de edificaciones ha sepultado casi por completo la costa y se va extendiendo hacia el interior: a lo lejos, más allá de la población de Nettuno, despunta, indecente, una torre enorme, con un pináculo, que no tiene parangón en todo el litoral del Lacio. Enzo ha cogido las llaves de la casa del puerto para pasar la noche con Giacomo y Filippo. Sus padres no habrían venido de todos modos: su padre, postrado en la cama y medicado con cortisona, padece un episodio de dolor de espalda. Anzio es Anzio, suele decirse. Al final, siempre es lo mismo, pero cada vez peor.

Giacomo ha reservado una mesa en Egidio, en el puerto. Dice que se come bien y que es relativamente barato. Enzo, por lo que recuerda, lo ha confirmado. Los han puesto en una mesa fuera, bajo un inmenso toldo azul. A un lado de la entrada de la terraza, hay un gran cartel vertical con el menú y, al otro, la vitrina con los animales marinos, muertos y cubiertos de hielo, que se servirán en las mesas a medida que los vayan pidiendo. Hay un poco de todo: pescados de ojos profundos y límpidos perdidos en la nada, pescados de ojos opacos, hundidos; bogavantes canadienses aún vivos; almejas y mejillones metidos en redecillas de plástico etiquetadas; una cajita de galeras que siguen agitando débilmente las patas. Se detienen un momento ante la vitrina.

Pobres criaturas, dice Enzo.

No empieces, le advierte Giacomo. Has venido por voluntad propia, nadie te obliga, aquí-se-comen-animales-salvajes-capturados-en-su-entorno-natural, la naturaleza funciona así: los seres vivos, entre los que nos contamos, se alimentan de otros seres vivos, a menudo sintientes o semisintientes; casi todas las plantas constituyen una excepción a esta regla, aunque, por decirlo de algún modo, éstas no le hacen ascos a los desechos de la lucha por la vida. Así son las cosas y punto. Además, estos animales ya están muertos.

Joder, Già, no empieces tú también, dice Filippo.

Los bogavantes todavía están vivos, dice Enzo. Y las galeras, y las almejas. Además, sólo he dicho que pobres criaturas. Les debemos un poco de compasión, ¿no crees?

Giacomo y Filippo no lo están escuchando: preguntan por la mesa, la encuentran y se sientan. A menudo quedan para comer, es una especie de rito, como cuando eran compañeros de estudios y se pasaban las horas juntos viendo la tele. Se sienten en familia, protegidos recíprocamente por una cercanía ya antigua que les permite hablar sin ton ni son. Es su forma de relajarse.

Filippo coge el menú, que está dentro de una carpetilla de plástico, pesa un quintal y está pringoso, y empieza a leer en voz alta: Entrantes Casa Egidio, doce mil liras por comensal, mínimo dos personas…

Giacomo lo interrumpe: Sin los precios, venga.

Vale, entonces: Anchoas rellenas de mozzarella, ensalada de calamares, patatas nuevas con camarones… ¡No jodas! Luego, literal, «frituritas de pescado y otras exquisiteces dependiendo de la captura del día». También, ensalada de chopo, escrito «chopo»…

¿Y cómo se escribe, entonces?, le pregunta Giacomo.

Choco, dice Enzo.

Choco, dice Filippo.

Y continúa: Almejas a la marinera, mejillones a la marinera, *crudité* de crustáceos y variedad de pescado crudo, etcétera. Aquí los precios son más bajos… Ah, también está la «selección de entrantes Casa Egidio a lo Grande (literal), que incluye los Clásicos Casa Egidio y otras *delicatessen*, con ingredientes especiales o creativos, fruto del saber hacer y la pasión». El precio mejor no os lo digo. Luego está la sopa de pescado de Anzio, la sopa de pescado mixto, el caldo de pescado a la Egidio, los fetuchinis caseros con marisco… Precios asequibles. También están los espaguetis con anchoas y queso pecorino, y cosas a la brasa.

Cagoendiós, dice Enzo.

¿A qué viene ahora blasfemar?, se queja Giacomo.

Già, colega, eso siempre es pertinente, apunta Filippo. ¿Cuántas veces hay que decirte que todo es obra del Gran Cagón Primigenio, que inventó la selección de entrantes Casa Egidio, la muerte y todo lo demás?

Bueno, venga, vamos a pedir, dice Giacomo. Dame el puñetero menú.

Lo abre, alza la vista y dice: No creo en Dios, pero pienso que lo que nos rodea en este instante no merece un cagoendiós, es decir, un improperio dirigido a lo increado universal. Respetar y aceptar el universo de lo que existe, aunque *sea Anzio*, es una de las cosas que me he impuesto. Decir *cagoendiós* es de inadaptados, cuando lo que hay que hacer es adaptarse al mundo y, por ende, en este momento, *a Anzio*. Y, en cualquier caso, aquí veo mucha belleza. Yo soy muy de entrantes de marisco, tipo mejillones o conchas finas, cosas así, y luego pasta con almejas y filete de lubina o de dorada, y de beber un vino Falanghina de precio medio y agua Ferrarelle helada. No le haría ascos a una tosta con telinas, si es que hay, ni tampoco a unos boquerones, en vinagre o fritos.

Entre el restaurante y el borde del muelle, de piedra, donde están amarrados los pesqueros con sus aparejos, se observa un vaivén de gente en sandalias, pantalones cortos y camisetas; mujeres en tirantes, con vestiditos cortos de lino, zuecos de tacón alto y estampado de leopardo; hombres en bermudas y polos o camisetas, alguna que otra pantorrilla tatuada. Mucho bronceado, mucha chancla. Muchos niños y muchas palabras que se pierden entre otras palabras, y éstas, entre otras y otras. Bajo la potente luz de las farolas halógenas y de los letreros de las tiendas y los restaurantes, el bullicio va atenuándose. Muchos regresan a casa para cenar. En torno a esa luz artificial, amarilla, se distingue otra, la natural, azul, del crepúsculo costero tardío. Ya quedan pocas gaviotas en el cielo. Sopla una ligerísima brisa. Comienza el terral.

Anzio tiene su encanto, dice Enzo. Y hay muchas tías buenas.

Eso parece, dice Filippo. Yo creía que era más un sitio de vejestorios. Y, oye, no, de vez en cuando se ve alguna. Pero hace un calor del carajo.

Piden la cena y se relajan, dejan casi de hablar, miran a su alrededor; efectivamente el calor sigue apretando. Ha aumentado la humedad, no paran de sudar. Pero les ha dado un bajón de azúcar y, de momento, están en paz consigo mismos, tienen hambre, picotean colines, mordisquean rebanadas de pan recién tostado, al que untan mantequilla sin sal, cortesía del restaurante con cada cubierto. Las cosas son como deben ser. En este instante queda suspendida cualquier modalidad enjuiciadora del tipo me gusta/no me gusta, bonito/feo. Sólo existen el pan caliente y la mantequilla en la modalidad de juicio degustativo. Y han llegado los boquerones en vinagre, que es como cuando en los almuerzos en Versalles llegaba Luis XIV: atención, silencio, deferencia. La comida, la calidad de la comida, es importante.

Llegados a cierto punto, mientras esperan el segundo plato, después de una pasta con almejas bien cargada de ajo, aceite, perejil y guindilla, como les gusta a ellos, y que devoran en silencio, Giacomo dice: ¿Habéis leído *Snow Crash*, de Stephenson? Por seguir con lo de la globalización...

¡No fastidies, Già!, exclama Filippo.

Venga, Fili, deja que hable, dice Enzo.

... En el libro de Stephenson... Es un autor que escribe cosas ciberpunk, del estilo de Gibson y Sterling, ¿me seguís?

Los dos asienten, lo siguen. Llevan desde la infancia disfrutando de los aspectos fantadistópicos del ciberpunk, sin imaginar hasta qué punto serán precisos como previsiones de las primeras décadas del tercer milenio.

Giacomo continúa: En resumen, es una novela en la que se propone la hipótesis de una situación anarcocapitalista mundial en la que el Estado ya no existe, y las reglas tampoco; sólo existe el individuo, la propiedad privada y la ley de la oferta y la demanda: nada está garantizado y nada es gratis, tienes que comprar todo lo que necesitas...

Pues como ahora, dice Filippo.

En fin, capitalismo en estado puro: las grandes corporaciones han anulado los Estados, la política y cualquier otra institución que no cumpla con la ley del beneficio. El libro está bien: os lo aconsejo. Es del noventa y dos, pero presagia algo que ya está en marcha y que, de momento, denominamos globalización. Creo que la globalización no la ves hasta que no la tienes encima y te aplasta. Con nosotros aún no lo ha hecho, pero mucha gente está perdiendo sus trabajos. Nosotros, como los antiglobalización, podemos odiar el capital, pero el capital no nos odia: le somos indiferentes. Si le hacemos falta, nos mantiene a sueldo; si no, nos desecha y a otra cosa, mariposa. Eso sí, como le jodamos, nos aplasta. A los antiglobalización ni los ve porque no tiene alma, es un *meme*, y tiene un único imperativo: replicarse y multiplicarse hasta el infinito, destruyéndolo todo a su paso si es necesario... Vale, lo dejo ya, que estoy un poco pedo y se me calienta la boca.

Espera un segundo, dice Filippo. ¿Me estás diciendo que la política no puede hacer nada? ¿Que la suerte está echada? ¿Que los que han ido a Génova podían haberse ahorrado el viaje porque no iba a cambiar nada?

Vivimos el ochenta y nueve, colegas, responde Giacomo balbuciendo ligeramente. El fin del comunismo soviético, o sea, el único ente político mundial, junto con el chino –antes de que se convirtiera en otro tipo de capitalismo– capaz de contener la acción del capital multinacional y de mantener en pie a los partidos comunistas occidentales con función periférica análoga, incluido el Partido Comunista Italiano, que, de hecho, se disolvió poco después. Desde aquel momento, todo ha sido un camino de rosas para el capital. Simplifico mucho no porque crea que sois tontos, sino porque no me sale mejor y porque no entiendo una mierda.

El vino no está mal: seco, áspero y gélido, como, según ellos, debe ser un vino que maride un pescado. La lubina estaba buena. A continuación, un sorbete de limón pondrá el broche de oro a la cena y luego vendrá Lido di Lavinio, donde Lavinia.

LAVINIO

Hubo un momento en la historia reciente de este país, es decir, en torno a 1960 y a sucesivas modificaciones, en el que se experimentó una urgencia popular por *estar cerca del mar*. Coincidió con los años del Milagro Económico, que, al parecer, duró hasta 1964, aunque algunos dicen que, con sus altibajos, se alargó hasta finales de los años ochenta o más, mientras que otros afirman que todavía perdura en forma de techo de riqueza, como si fuera la radiación remanente del *boom* de 1960. El paisaje que están recorriendo esta noche, tórrida y cada vez más húmeda, sigue siendo, después de casi cincuenta años, la consecuencia de aquella oleada estival masiva en busca de las aguas del Tirreno.

Al principio fue algo de lo más salvaje y abusivo, hecho con poco dinero: se edificaron segundas residencias en las dunas, a lo largo de un litoral que poco antes sólo habían recorrido los cazadores en busca de palomas torcaces y aquellos que, teniendo coche, podían permitirse el lujo de bañarse en aquella playa inmensa, solitaria e inaccesible para la mayoría, que se entreveía más allá de los matorrales y las dunas. Ni que decir tiene que aquel paisaje era de una belleza excepcional, una belleza que primero fue violada, luego puesta en peligro y finalmente destruida por un reguero disperso de chalecitos, a menudo construidos sobre la franja pública de la costa, oficialmente intangible, pero, sobre todo, en los pinares, en la zona de monte bajo, en los campos tierra adentro, parcelados aposta y a menudo de manera abusiva según un trazado de callejas de seis metros de ancho destinadas a ser de sentido único. Como consecuencia de esta afluencia de masas hacia la costa, la Bota parece como bordada por una franja ininterrumpida de construcciones que forman una única ciudad lineal de miles de kilómetros de largo, visible de noche desde el espacio y que define su perfil a la perfección.

Para ir de Anzio a Lavinio hay que recorrer un tramo de unos pocos e instructivos kilómetros. El mar queda a la izquierda y la luna nueva asciende por el cielo; a la derecha, hay un difuminado *continuum* de chalecitos de estilo más o menos geométrico, especialmente uniforme y mayoritario, que marcará nuestra época de por vida.

El mismo estilo de chalés de la carreterita oscura y demarcadora que Giacomo, una vez llegados a Lavinio, ha enfilado desde viale Virgilio –aquí hay muchas referencias toponímicas a la *Eneida* y a su autor–, que discurre tierra adentro en perpendicular a la costa.

Filippo, sentado detrás, como siempre, murmura: Aquí todavía no ha llegado el concepto de acera. Ha llegado Eneas, pero no la acera. La idea de calle es pared, asfalto, pared, como en las barriadas ilegales. Se debería haber desperdiciado un centímetro cuadrado de jardín privado para dedicarlo a espacio público…

Un lúcido análisis de la evidencia territorial…, dice Giacomo. Viale delle Viole, aquí está. Me he acordado bien.

Enzo se ve cíclicamente inmerso en una fantasía de rechazo de la realidad urbana y suburbana en la que vive. Le gustaría habitar en un cubo de cristal ligeramente elevado sobre el terreno, colocado en medio de una landa poblada de pinos muy altos, pero desprovista de otras construcciones, no lejos del mar, en el sentido de que el mar se vería, el salitre invadiría la casa, de cristal, sí, pero rodeada, por tres de sus lados, por una galería –esto último es un añadido reciente– que la protege del sol, salvo en la fachada norte, donde nunca da. Y, luego, a unos diez metros de la casa, otro cubo de cristal, más pequeño, donde se ha construido un estudio en el que hay una mesa que se extiende por todo el contorno del habitáculo y ordenadores ultramodernos. Desde allí también se ve el mar. Un sueño juvenil de soledad, porque piensa que está mejor solo, se siente bien en solitario, en la casa de cristal, con un jersey gordo de cuello alto, la chimenea encendida, el Mac abierto en la mesa, listo para su uso, libros por todas partes; se ve allí, realizado hasta el punto de no tener que pisar más sitios como el estudio donde trabaja, sitios como Lavinio.

Que tampoco está tan mal, piensa.

Con las ventanillas abiertas de par en par, el calor aquí parece más intenso. Humedad y poca iluminación. A derecha e izquierda se ven muros perimetrales que aspiran a ser elegantes a su manera, altos arbustos trepadores de arrayán y buganvilla, además de muchas otras especies de plantas detrás de las cuales se alzan amenazantes enlucidos en cuarzo-plástico que, si no fuera de noche, mostrarían todas las tonalidades del color avellana de una serie infinita de chalecitos de dos plantas con jardín, todos diferentes pero todos iguales, que se concatenan hasta desaparecer en la oscuridad, algunos más pretenciosos que otros, algunos hasta elegantes, la mayor parte distribuidos espasmódicamente hasta aparentar lo que no son ni serán jamás.

Giacomo se concentra, avanza despacio, encuentra la casa de su prima, con las luces encendidas y la música a todo volumen. Hemos llegado, dice. Y añade: Mi prima me dijo que es una *summer party*. Me lo dijo tal que así; bueno, no, dijo *zamerparty*. Para castigarla le he comprado un tocho de novela de ochocientas páginas que salió el año pasado, *La broma infinita*, de un autor que se llama Foster Wallace, no sé si lo conocéis. Yo me he leído un libro suyo de relatos, y no estaba nada mal. Éste todavía no lo he leído, pero antes o después, a lo mejor dentro de diez años, me lo leeré, cagoensós.

Has dicho *cagoensós*, dice Filippo. Ya *casi* eres de los nuestros.

Es una casa de dos plantas típica de los años sesenta, un chalecito del *boom* inmobiliario, con un jardín cercado por un muro más un seto y dos o tres pinos, de esos gruesos muy altos que se elevan en la oscuridad y cuyas copas más que verse se intuyen. Entran por la cancelita lateral, que está abierta. Un sendero pavimentado con trozos de travertino serpentea por un jardín de estilo inglés ya húmedo por el rocío nocturno. Delante de la casa hay una explanada pavimentada del mismo modo, con sillas plegables de tela, tumbonas de playa, dos balancines, una mesa de pimpón forrada con servilletas de papel que sustenta los restos de un bufé casi consumido y unas botellas de vino y de cerveza todavía llenas metidas en hielo. En la primera planta se ve una gran terraza a la que se accede mediante una escalera directamente desde el jardín. La música procede de allí. Una fiesta con bastante gente en estas dos plantas: unas cuantas personas en la terraza, donde se baila; otras tantas, en el jardín, donde se charla y donde el calor resulta más asfixiante, aunque ya sea de noche.

El momento más interesante de una fiesta acontece en el instante en el que entras, lo escrutas todo a tu alrededor y también te escrutan, con la desesperada esperanza de que ocurra algo y de que tú seas ese algo que ocurre. Pero esto, una vez que uno toma conciencia de los espacios, de quién está y de quién no, del nivel socioestético de los invitados, suele desvanecerse al cabo de unos minutos. Más por costumbre que por decepción. En realidad, la decepción siempre está ahí: tías que a cierta distancia te parecen pibones de cerca no lo son tanto. A algunas les basta con abrir la boca y decir algo en ese romanesco veteado de artificialidad posinstituto, típico de algunos jóvenes de ciertos barrios de Roma, para arruinar, en un instante, cualquier posibilidad de constructo mental. También es cierto que existe una tercera fase, ésa en la que, decidiendo no quedarte en la forma de hablar y en la entonación, vas más allá, prestas atención a lo que se dice, a su significado, buscas un momento en el que meter baza, mientras intentas apartar la mirada de sus tetas y evalúas hasta qué punto son follables –de momento te fijas no tanto en su belleza como en el mensaje sexual general que transmiten sus cuerpos– mediante un segundo escaneo, y luego un tercero y un cuarto, y así todo el rato, en medio de un mar de omisiones que impregna a los presentes, al igual que la capa de humedad y la ligera calima nocturna estival que se pegan al cuerpo.

«Me gustas tú», de Manu Chao, resuena a todo volumen en el aire denso. La fiesta está en todo su apogeo, que es cuando todavía no estás cansado, ni demasiado borracho ni demasiado fumado, y todavía bailas bien al compás de la música que llega tanto a los tímpanos como a los corazones y, si existieran, a las almas.

Manu Chao. Entonces aquí son de izquierdas. Tu prima es una camarada, ¿no?, le dice Filippo a Giacomo al oído.

Fili, te pido por favor que no empieces con tus gilipolleces, le responde Giacomo.

Su prima Lavinia se materializa ante ellos como invocada, sonriente, arreglada pero no demasiado, ni alta ni baja, ni guapa ni fea, ni simpática ni antipática. Dice ¡Holaaa!, mientras abraza a Giacomo, que, al mismo tiempo, dice ¡Felicidadeees!, y así los dos sonidos se mezclan y resultan en una única nota de cordialidad amistosa que, mezclándose a su vez con el «Me gustas tú», contribuyen al bullicio alcohólico de lo que muchos llaman *salón*; otros, *sala*, pero que técnicamente se llamaría *cuarto de estar*. Antes de que se dispersen, Giacomo presenta a Lavinia a sus amigos, que le estrechan la mano y la felicitan intentando aparentar un mínimo de convencimiento. Giacomo saca de la bolsa el regalo, envuelto en papel de la Feltrinelli, y ella lo desenvuelve para descubrir un libro mastodóntico, con portada azul de Gianluigi Toccafondo, *La broma infinita*, ediciones Fandango, mientras dice: ¡No puede ser! ¿En serio? ¡Llevo tiempo queriéndomelo comprar, pero me imponía! ¡Qué bonitooo! ¡Graciaaas! Caray, mil cuatrocientas páginas…

No me digas, no sé por qué creía que eran ochocientas…, dice Giacomo. Bueno, un regalo importante para una fecha importante. Sólo se cumplen los treinta una vez.

En realidad son treinta y uno…, lo corrige Lavinia bajando la voz.

Ah, no sé por qué creía que eran treinta, dice Giacomo.

Había empezado a leer *La niña del pelo raro*, pero…, continúa Lavinia. Un poco complicado; no me enganchaba… A ver con éste.

Y siguen así un rato, adentrándose en los tópicos habituales de conformidad con las reglas socioparentales, las típicas chorradas que hacen que Enzo y Filippo se alejen en distintas direcciones, decididos a beber y a explorar el micromundo que los rodea, a echarle un ojo a las tías y hablar con ellas. Todo muy difícil, engorroso y, como saben desde ya, probablemente inútil, aunque también saben que existen raras ocasiones –esto es así sobre todo para Enzo, que no es ni guapo ni feo, sino del montón y, por tanto, necesita tirar de labia, de mucha labia– en que de la inutilidad puede resultar hasta un polvo. Sin embargo, es mucho más probable que terminen hablando de política/libros/películas/fútbol/música con algún tío similar a ellos, tal vez un poco más joven o un poco más viejo. Lo de hablar es lo más duro de las fiestas, las cenas o los encuentros de cualquier tipo. Hay que tener una *opinión*, si no sobre todo, al menos sobre un buen número de cosas. No puedes utilizar afirmaciones como No lo he leído, No la he visto, No lo conozco, Nunca he oído hablar de él, más de un par de veces, so pena de que te consideren un ignorante. Debes ser capaz de argumentar tu opinión, sea la que sea, aunque lo hagas al buen tuntún, aunque lo hagas sin ton ni son, siempre que tus palabras suenen oscuras, incomprensibles. Habrás de esperar a que el que tienes delante termine de decir lo que quiere decir, o bien inmiscuirte con habilidad en su discurso metiendo baza y expresar tu opinión: no es que estés deseando soltarla, es que, si no la verbalizas, te quedas fuera de la conversación y, por tanto, fuera del contacto y, por tanto, de las posibilidades infinitesimales de confluir carnalmente con la tipa o, con mayor probabilidad, de abrir una fase de contacto ulterior, del tipo salir, ir al cine, algo aún más engorroso, porque luego durante la *pizza* que vendrá a continuación deberás expresar tu opinión en la modalidad me ha gustado/no me ha gustado, me ha convencido/no me ha convencido, etcétera, mientras que ella dirá: A mí, en cambio, no me ha disgustado.

Enzo, inmóvil, apoyado en la barandilla de la amplia terraza, mira a su alrededor, se siente perdido, fuera de lugar, a disgusto. No conoce a nadie, todos tienen entre veinticinco y treinta años, pero identifica *grosso modo* un ambiente de romacentro-romanordeste-romanorte, esferas sociales afines a él por nacimiento y renta, que conoce bien porque ha nacido en ellas y porque, como él, llevan décadas viniendo a estas playas.

Al otro lado de la tapia, en los alrededores semioscuros, se extiende el villorrio de Lavinio, que él sabe que se expande hasta el infinito a lo largo de la costa. Nada de esto era indispensable, piensa Enzo. Si de verdad había necesidad de construir todo este reguero de casas, las podían haber aglutinado en asentamientos más densos, lejos del mar, como a uno o dos kilómetros, a modo de nuevos pueblecitos pesqueros, completamente peatonales, ciudades balneario, y dejar libre el territorio, el monte bajo, los pinares, las dunas, alejar las carreteras de la costa, que no se parezcan en nada a los litorales que existen ahora. Entonces va más allá y acaba con una hipótesis: eliminar las carreteras litorales, que sólo haya carreteras perpendiculares a la costa que terminen en explanadas destinadas al aparcamiento; muchas marquesinas para las bicicletas delante de los edificios, que pintaría completamente de blanco, con dos plantas a lo sumo, y grandes y fascistoides terrazas semicirculares donde las mujeres pudieran asomarse a un viento que les levantara el vestido hasta sus bronceados muslos para llamar desde lejos a sus hijos, que llevan demasiado tiempo metidos en el agua, mientras ellas han ido a comprarles el tentempié de media mañana: un *supplì* o un trozo de *pizza.* Las mujeres en la playa, ¿habrá cosa más bonita?

Giacomo se le acerca, se apoya también en la barandilla y dice: Roquerillos trasteverinos, en el sentido de «gente que va al Trastévere».

No, estos postrasteverinos son roquerillos de *pub*, objeta Enzo: vaqueros, Adidas, Fred Perry, un estilo informal contenido, niños bien, tipo *mod.* Son estudiantes y recién licenciados. Pijos. Las tipas, por extraño que parezca, son un poco años sesenta. Pantalones cortos, vestiditos de algodón, camisetas, muchos tirantes, sandalias. Contenidas, casi castas, pocos escotes, sólo alguna con tacones. Muy homogéneos, un poco sosos, no muy interesantes. Muchas chavalas peligrosas del tipo: ¿quién eres?, ¿qué haces?, ¿estudias?, ¿qué estudias?, ¿qué coño quieres?, ¿te gusta Herzog?

Homogéneos, sin duda, mi prima incluida, dice Giacomo. Ves a uno y los has visto a todos: son como nosotros, proceden de la esfera romana de la muerte cultural. Se aparean entre ellos, cultivan relaciones socialmente horizontales. Alguno que otro se descarría, se hace artista y termina en el sur de Roma...

Venga, Già, yo no soy como ellos, no jodas, dice Enzo, y le da un sorbito a la botella de cerveza como hacen los norteamericanos para cogerse un pedo, aunque él no tiene intención de hacerlo: no le gusta beber así, pero es que tiene sed y la cerveza en vaso de plástico no la soporta.

Adaptación es la palabra clave, adaptación a todo y a todos, asimilarse, aceptar y ser aceptado: beberse, por consiguiente, la cerveza en un vaso de plástico, aunque así ya no sea cerveza, sino algo indefinible, poshumano.

Ellos tampoco creen que son como son, dice Giacomo.

Esta noche eres como una catana de samurái que te rebana la columna vertebral, responde Enzo.

Entonces baja la vista hacia el jardín, donde unos cuantos invitados, en corrillos, sentados en sillas, tumbonas y balancines, lejos de la música, charlan o más bien discuten. Enzo no sabe sobre qué, pero cree poder adivinarlo: Génova G8, el chaval muerto, los antiglobalización. En resumen, sobre política. Filippo se ha agenciado una tumbona y está sentado en uno de esos corrillos. Escucha y calla, a su estilo.

Esta noche hay mucho que decir, mucho que discutir, mucho sobre lo que formarse una opinión obligatoria. Todo lo que ocurre/no ocurre, todo lo que se presenta al juicio político, ético, estético o filosófico requiere formarse una opinión, aunque uno ni esté informado, ni tenga ganas, ni sea capaz de reunir y organizar los conceptos, aunque lo distraigan otras cosas, una pasión, un amor, alguien que le gusta, problemas cotidianos, como mudarse de casa, encontrar casa, pagar el alquiler y las facturas, tapar el agujero de la cuenta bancaria, pedir un préstamo, devolver el préstamo y, sobre todo, *encontrar trabajo*, lo que, en el caso de Enzo, significa conseguir encargos o, con más frecuencia, subencargos, que es cuando un profesional asentado está desbordado y te pasa una parte y te paga contra factura como colaborador aunque, una vez terminado el trabajo, tu nombre nunca aparece y tu condición de subordinado te pesa y sólo piensas en independizarte. No obstante, cuanto te rodea en el plano social, económico y cultural parece confabularse para no dejarte ningún resquicio abierto y que sigas en tu condición de subordinado haciendo trabajillos de poca monta, trabajando hasta las tantas y preocupándote por los problemas de los demás, y todo para que quien te explota te diga lo bueno que eres y así continúe explotándote y pagándote esas cuatro perras que te consolidan parcialmente en el mundo, sólo parcialmente, pues nadie te conoce y, hasta que no rompas esas cadenas, nadie te conocerá jamás. Y, si no trabajas, no cuentas y, por tanto, no existes. Mientras Enzo, Filippo y Giacomo, y Biba y miles y millones como ellos, están concentrados en librar esta batalla contra sus propios coetáneos, contra las generaciones anteriores y, en parte, contra las venideras, se sienten obligados a informarse sobre lo que ocurre, en el País y en otras partes del mundo, y, si no a participar, al menos a formarse una opinión, y opiniones sobre opiniones. Sin tregua y, como ya han entendido, sin fin, hasta la muerte, so pena de verse marginados: así los adiestró el instituto.

Enzo baja y se acopla por un lateral a un grupo que está hablando sobre política, es decir, sobre el actual G8, con el añadido de la masacre y la muerte de un joven cuyo nombre ya se sabe que es Carlo Giuliani, muy joven, de unos veinticinco años, al que dicen que han disparado a bocajarro. No es seguro que haya sido así. Lo que sí es seguro es que lo han matado. Yo no he ido porque tengo mucho que hacer. Yo tengo que estudiar. Yo no he ido y punto. Yo no soy un antiglobalización: soy un proletario de los de «proletarios del mundo, uníos». Soy global en ese sentido, ¿me entiendes? Éste trata de destacar haciéndose pasar por comunista, piensa Enzo, pero se nota que nadie se lo traga. Parece ser que en la manifestación hubo de todo: gente de Cáritas, budistas y monjas; se ve que les han zurrado incluso a ellas. ¿Te das cuenta de que, cuando se desatan, pierden el norte y te pueden matar a porrazos? Mira cómo le han disparado. Esnifan cocaína, van hasta las cejas, son unos autómatas sádicos que ya no entienden una mierda. Por lo visto, a uno, un español, lo han mandado al hospital en coma. Al parecer, el tipo no estaba haciendo nada, estaba tranquilamente en la acera, y se fueron hacia él y lo apalearon entre cuatro. Hay fotos circulando por Internet. Iban buscando pelea, me refiero a los manifestantes. Querían salir a la calle; ha pasado lo que querían que pasara. ¿Quién quería que pasara? Yo qué sé, los cabecillas. ¿Casarini y Agnoletto? Sí, ésos. ¿Me vas a decir que fueron para que les dieran leña? ¿Pero qué me estás contando? Querían traspasar el recinto de la Zona Roja, llevaban cascos y escudos, y gomaespuma pegada al cuerpo con cinta adhesiva. Eso era irónico. Vale, pero los han linchado igual. La discusión continúa, vaga y en bucle. Ninguno tiene ideas claras ni datos precisos; nadie sabe muy bien qué decir, pero todos saben que para existir, allí, en ese momento, para que te tengan en cuenta o simplemente para que te vean, deben decir algo. El capital se desmaterializa. Ya no se invierte en la producción, sino en las finanzas. La economía digital está en continuo crecimiento, es una pasada. Está el Nasdaq, la nueva economía y las burbujas descabelladas que no paran de crecer, lo nunca visto, dice uno que está estudiando o ha estudiado Economía.

Lo que nos gusta también es lo que no nos gusta, dice Giacomo, y automáticamente los que están junto a él se callan, a la espera de la siguiente frase. Entonces Giacomo empieza a sudar mientras añade: La electrónica, los ordenadores, la digitalización, la robótica, Internet, etcétera, todo lo que se puede hacer con un ordenador –y se puede hacer mucho más de lo que sabemos que se puede hacer–, en definitiva, las innovaciones, que nos gustan y que nuestra generación sabe manejar mejor que las precedentes, están modificando el mundo; el capital ha tomado el control desde el principio y lo utiliza para eliminar las distancias geográficas y desplazarse a cualquier lugar de manera instantánea. La globalización es más o menos eso. Es como una ola gigante: bonita para quien está encima y la surfea; horrible para quien está debajo y se ahoga. Con el riesgo de que, cuando rompa, nos afectará a todos. Entonces se calla, satisfecho por la metáfora que se le ha ocurrido a bote pronto, y se aleja en busca de una cerveza.

Decir algo y largarse, como en las películas: así se hace, piensa Enzo.

Todavía quedan bastantes cervezas en un par de baldes de plástico, pero el hielo se está derritiendo y parece que no hay más. El calor sigue siendo atroz y la cerveza no está suficientemente fría. Parece que han metido un montón más en el congelador. Siguen charlando en corrillos; alguno se enciende; la música continúa a todo volumen. Suenan cosas relativamente sofisticadas, como «Windowlicker», de Aphex Twin, además de Sigur Rós, Modest Mouse y otros tantos más de andar por casa, como Manu Chao y Coldplay, aunque también se oye algún que otro CD de *tecno* y de *rock* clásico, *dance*. No faltan The Clash y Depeche Mode, ni tampoco Almamegretta, Massive Attack, ni alguna canción de Dalla y de De Gregori para los lentos en insinuarse. Casi nadie está bailando: los que lo intentan terminan empapados en sudor, así que sólo se bailan los temas lentos. La cerveza calentorra contribuye; se sube antes a la cabeza, amarga el alma. Hay un instante en que Enzo oye en el aire la voz de Guccini. Alguien lo quita de inmediato y pone a James Brown. Operación quirúrgica, piensa Enzo, y, en ese momento, divisa a Filippo, que está sentado a lo lejos en un balancín con dos tías en una zona umbría del jardín. Como de costumbre, hay menos mujeres que hombres, eso es así, un misterio sin explicación. Pero Filippo emana un fuerte campo gravitacional y siempre atrae a alguna. El plan de GEF, que ninguno ha formulado ni discutido, o sea, tácito, es quedarse hasta tarde, hasta el final, para ver si, por un casual, sucede algo, para vivir sin demasiadas expectativas una situación que rompa la continuidad inexorable de lo ya dicho, visto y hecho, y después irse a dormir a Anzio, a la casa de Enzo, que está libre. Estar allí les parece bien a los tres. Es inútil, es ocio, es pasar el rato, es quedarse hasta las tantas, es hablar-con-tías.

Enzo se pilla una Nastro Azzurro recalentada y se acerca al balancín. Filippo lo presenta. Él estrecha la mano y saluda, pero no se queda con los nombres: nunca lo consigue. Las dos tipas son monas; bueno, según la ley universal de la deformidad, son monas a su modo. Eso significa que una es más mona que la otra, es decir, que le entra por el ojo más que la otra. Son bastante jóvenes, tendrán unos veinticinco o veintisiete años, y son desenfadadas, vivarachas, graciosas. Lo estudian con disimulo, dando dos o tres pasadas sucesivas de escáner y, según percibe Enzo, deciden que no es particularmente interesante. Al menos no tanto como Filippo. Enzo les hace la ficha técnica: clase social media, elegancia discreta, cultas, ambas licenciadas en algo con una fuerte carga humanística del tipo Historia del Arte, Filología o Arqueología –¡Dios, la Arqueología! ¡Dios, las arqueólogas!–, Psicología, Pedagogía, Filosofía, etcétera. Lo más probable es que tengan pareja, como todas aquí, estén presentes o no sus respectivos novios, ya sea de dominio público o un secreto. Enzo piensa por enésima vez que no existe una chica mona que no esté ya emparejada, de tapadillo o a las claras: siempre hay alguno que consigue que lo elijan antes de que tengas opción de postularte. Según su teoría, si no puedes ofrecerte en calidad de hombre objeto –no es su caso, no tiene ni el físico ni el desparpajo: con las tías siempre debe enamorarse un poco, de lo contrario ni siquiera es capaz de tener relaciones sexuales–, debes insinuarte solapadamente durante las brechas de crisis que se abren de continuo en las parejas y que tienen el cometido de dar fluidez al mundo, que, de lo contrario, sería un lugar habitado en exclusiva por *ménages* cerrados y momificados.

No obstante, las cosas están cambiando: sus formulaciones se han quedado obsoletas; las mujeres se emancipan todo el rato, tienen un comportamiento más liberal. ¡Los cojones!, diría Enzo. Saben montárselo muy bien y en secreto, y de eso nunca te vas a enterar. Para él, al igual que para Giacomo, las mujeres son un enigma, incluso aquéllas a las que quieren y conocen desde hace años, como Biba.

Para Filippo es diferente: él le ha cogido el tranquillo, parece despreocupado, desenvuelto, no intenta aparentar, no trata de hacerse el interesante porque sabe que no le hace falta, siempre dice lo que le pasa por la cabeza, aunque sea una chorrada, nunca entra en modo seductor porque prácticamente ha nacido con ese don.

A ver si me entero: ¿tú arreglas bicicletas?, está diciendo la más alta de las dos tipas.

Y, además, las vendo, nuevas y de segunda mano, contesta Filippo.

O sea, que te dedicas a la mecánica, dice la tipa más baja y rellenita.

Sí, responde Filippo con toda parsimonia. Y añade: No es que *me dedique* a la mecánica, es que *soy* mecánico.

¿Y qué diferencia hay?

No lo sé, contesta Filippo.

¿Te refieres a que naciste mecánico? ¿Que eres mecánico por naturaleza?, dice la gordita.

No sé, dice Filippo. Si digo que *me dedico* a la mecánica, parece que es algo provisional y que pienso en otra cosa, como que soy un artista y me dedico a la mecánica para vivir, un poeta que escribe de noche y de día se dedica a la mecánica, un estudiante que trabaja al mismo tiempo; en resumen, alguien que tiene otras aspiraciones que nada tienen que ver con la simple y llana dedicación a la mecánica. Yo, de momento, no tengo más proyectos o aspiraciones que sacar adelante el trabajo del taller y hacerlo bien. A eso es a lo que me refiero cuando digo que soy mecánico.

Enzo cree que, con su lúcida indolencia, Fili está ganando muchos puntos con estas tías, que ahora están más interesadas porque las ha sorprendido. A las tías les encanta que las sorprendan. Han venido, al igual que GEF, con la esperanza de que alguien o algo las sorprenda y rompa el ruido de fondo continuo que resuena en sus jóvenes existencias, como en las del resto de los presentes y tal vez también de los veraneantes que esta noche están en Lavinio, lugar de ocio sin sentido ni perspectiva de aventura que no sea, a lo sumo, un polvo y, en más contadas ocasiones, un flechazo.

Entonces, ¿crees que te tirarás toda la vida reparando bicicletas?, le pregunta la tipa alta.

Nunca se sabe, responde Fili como ausente, porque para él, éste es un auténtico dilema. Empezó con lo de las bicicletas para darse un tiempo después de las tentativas universitarias fallidas. Ahora finge que es su oficio. Las tipas habían dado en el blanco. Él piensa que, antes o después, hará otra cosa, pero no sabe el qué. Siente que flota sobre la realidad como un patito de goma en una bañera. Tiene claro que no quiere dejarse influir por nada, que no se va a involucrar en nada de tipo afectivo, cultural o político. No debe permitir que nada lo arrastre consigo... Se siente como en pausa, cree tener derecho a una después de no haber hecho una mierda durante cuatro años.

La tipa alta está diciendo que, en el trabajo, uno debería realizarse y que ella está haciendo un doctorado en Ciencias Políticas.

La rellenita, que a Fili le gusta más que la otra, dice que, si no haces lo que te gusta, si renuncias de repente a tus pasiones, entonces mejor... Etcétera.

¿Tú cómo te estás realizando?, le pregunta Enzo.

¿Quién? ¿Yo? De momento, estoy haciendo unas prácticas en una asesoría fiscal, pero eso no es lo que quiero hacer.

Otra como Biba, piensa Enzo, y luego dice: ¿Y qué quieres hacer, si no te importa que te pregunte?

No te lo digo. ¿Y tú?

Bueno, si prefieres no decirlo, da igual..., interviene Filippo, a quien le gustaría cambiar de conversación.

Pero Enzo ya está respondiendo a la rellenita: Yo hice Bellas Artes y soy diseñador gráfico e ilustrador, y no quiero dedicarme a otra cosa en la vida que no sea el diseño gráfico y la ilustración, y quiero hacerlo bien y ganarme la vida dignamente. ¿Y tú?

La rellenita dice que quiere ahorrar para abrir un centro.

¿Un centro de qué?, pregunta Fili, ya aburrido.

Pero ella, que hasta ahora se había dirigido a él casi en exclusiva, le explica con fervor que se trataría básicamente de un centro de yoga y de meditación, con todas sus disciplinas auxiliares, como la medicina holística, por ejemplo. Añade que, para ella, la autorrealización existe, pero no consiste en hacer lo que te gusta, sino en el autoconocimiento profundo.

Al oír esto, Filippo se estremece como si quisiera zafarse de aquel balancín en el que está estirado y en el que tiene pegada a la rellenita, que suda y le hace sudar. Al final, se levanta y va a pillarse una cerveza del congelador.

Ésta sí está bien fría.

A partir de ese momento, la suerte está echada. Dentro de un rato, le pedirá bailar un lento para tantear su disponibilidad y luego buscará un rincón en alguna parte para ir al tema. Y, al final, habrá tema y descargará toda la tensión sexual acumulada hasta el momento.

Al regresar, se encuentra a Enzo enfrascado en una conversación cara a cara con la tipa alta sobre la cuestión palestina. La rellenita sigue donde se la dejó. Así pues, para evitar cualquier implicación en el tema palestino y, mientras Enzo afirma que Israel lleva desde 1947 con un proceso de conquista territorial y que no parará hasta que haya echado a todos los palestinos al otro lado del Jordán, aunque tarde mil años, coge a la rellenita de la mano, tira de ella con suavidad hasta ponerla en pie y le pregunta si le apetece bailar.

Y es así como suben a la terraza para bailar y desaparecen de la vista de Giacomo, a quien no se le ha escapado la admirable fluidez de la maniobra, y de Enzo, que se ha sentado al lado de la tipa alta para continuar con el debate. Enzo no sabe cómo se ha enredado en la cuestión palestina, pues es lo último de lo que querría hablar en este momento, aunque en el fondo no sabe de qué le gustaría hablar, tal vez de nada o de cine. Él sabe hablar de cine, adonde va casi todas las tardes; siempre lee las críticas de los periódicos y se ha chupado algún que otro libro sobre el tema. Mientras la tipa alta, cuyo nombre no recuerda, habla sin parar sobre su tesis doctoral, Enzo se da cuenta de que nunca ha visto una película sobre la cuestión palestina, de ahí que no tenga mucho que decir, salvo que está a favor de los palestinos.

En realidad, aunque la tipa alta no esté nada mal y hasta sea inteligente, él preferiría estar en otro sitio, pues todo esto de socializar le parece compulsivo, cansino e inútil, y, aunque consiguiera ligársela y llevársela a la casa de Anzio a pasar la noche, sería algo artificial, algo que no necesita, una situación en la que, por regla general no logra hacer nada porque él necesita algo más, una cercanía, un entendimiento, una complicidad, pasión. Por lo tanto, aunque esta noche triunfara, esta chica sólo le causaría ansiedad, y la ansiedad le causaría impotencia y luego vergüenza, sentimiento de culpa y a tomar por culo. Mientras la tipa alta habla, él piensa a tomar por culo, a tomar por culo, a tomar por culo todos y todo, a tomar por culo Anzio, a tomar por culo Lavinio y la prima y este coñazo de fiesta: ¿quién me mandaría venir aquí? En cualquier caso, la tipa alta no está de acuerdo con su visión, es decir, que lo único que claramente interesa a Israel es la conquista del territorio para expandirse. Dice que las cosas son más complejas de lo que parecen. Enzo se altera cada vez que alguien le dice que las cosas son más complejas de lo que parecen: en parte, porque es un modo de hacerte quedar como un tonto y, en parte, porque, según él, mencionar la complejidad de algo es esquivar el meollo de la cuestión. Pero, sobre todo, no le apetece nada hablar, sostener tesis, defenderlas, debatir, discutir, medirse con los demás.

Él sólo quiere dedicarse al diseño gráfico. Un diseñador gráfico no piensa: diseña. Es decir, piensa cosas gráficas. Pero cae en la cuenta de que no puede eximirse de tener aunque sea una vaga opinión sobre temas de actualidad como el G8 de Génova, la globalización y, en consecuencia, los antiglobalización, sobre los del bloque negro que alguien mencionaba en los corrillos esta noche, de los que no sabe nada y de los que nadie sabe nada concreto, salvo que son unos «provocadores», probablemente «pagados por los servicios públicos» o por la policía, o son «policías disfrazados de gamberros con pasamontañas» para provocar desórdenes. Y, aunque la tipa alta estuviera de acuerdo, a él no le gusta. Es mona, pero le falta esa carnalidad inconsciente que, en cambio, ha detectado en la rellenita –ha descubierto que no son amigas, sino que se han conocido allí– y que consiste en algo definible a grandes rasgos como *femineidad*, concepto que el feminismo rechaza, pero que se corresponde con una especie de aura que no puede describirse de otro modo.

En las fiestas, lo que normalmente se llama *cuestión palestino-israelí* es el tema estrella en las supuestas discusiones políticas con las tías, o cuando hay tías presentes. *Supuestas*, porque toda conversación que se tiene en una fiesta es una conversación de acercamiento, tiene un segundo objetivo encubierto y nunca declarado: el de gustar y suscitar deseo sexual o sentimientos incluso más complejos, del tipo ayer en la fiesta conocí a un tío/una tía que no estaba nada mal, charlamos y bailamos toda la noche, una pena que sea proisraelí, una pena que sea propalestino/a, nos hemos intercambiado los teléfonos, me gustaría volver a verlo/a, incluso ir al teatro, hay sesiones vespertinas baratas en el Argentina para los *Seis personajes*. ¿Te he dicho alguna vez que juzgo a la gente según sus comentarios sobre *Seis personajes* cuando salimos del teatro? Lo hago bien entrada la tarde, cuando es casi de noche y vamos a Baffetto a pillarnos una *pizza*, un poco chamuscada, como a mí me gusta. Prefiero la gente que no dice nada, pero eso raramente ocurre.

La tipa alta ha dejado de hablar. Él no sabe qué decir, pero se las ha ingeniado para farfullar algo y no quedarse atrapado del todo en el silencio que ella ha dejado caer. Se quedan un rato en el balancín, sentados el uno al lado del otro. Entonces ella se levanta y dice: Me voy a bailar, ¿vienes? A Enzo le parece una invitación burocrática, administrativa, de cortesía y, en un intento de ser amable, responde: No, gracias, hace demasiado calor. No pasa nada, responde ella, y se aleja como si entre ellos se hubiera producido una ruptura repentina. Enzo se queda solo en el balancín, en ese rincón sombrío del jardín ya empapado del rocío nocturno de Lavinio, provincia de Latina o de Roma, no se sabe. Pasa media hora; Giacomo participa en el corrillo de discusiones, apoltronado en una silla plegable de tela, de ésas llamadas de *director de cine*, que, junto con la tumbona, es uno de los productos más brillantes del ingenio humano. El inventor es un genio infraconocido, piensa Enzo mientras observa hablar y gesticular lentamente a Giacomo, con pulcritud, como hace él.

Se levanta del balancín, cruza el césped de estilo inglés empapándose las sandalias, llega a la zona pavimentada de travertino, sube la escalera exterior, que lo conduce a la terraza, y desde allí, una vez atravesado el salón, donde alguno que otro sigue bailando, se dispone a buscar el baño para orinar. Encuentra uno, pero parece ocupado; llama, nadie responde, prueba a empujar la puerta con más fuerza y ésta se abre para revelar a Filippo y a la tipa rellenita en plena cópula. Entonces Filippo le hace señas de que se pierda de vista y él se excusa: Perdona, es que no habéis cerrado bien, y sale y se queda delante de la puerta para custodiar el polvo de su amigo, fingiendo que espera a que el cuarto de baño se quede libre y, de hecho, llega una tía y él le dice que también está esperando, pero que está ocupado.

Al cabo de menos de diez minutos, sale Filippo y se va; luego sale la tipa rellenita, que le dedica una sonrisa y también se marcha, y por fin él puede evacuar toda la cerveza calentorra que se ha bebido y que lo ha dejado en ese estado de percepción confusa que odia, motivo por el que es moderado con la bebida.

Giacomo ya está aburrido no tanto de la discusión, sino de la situación, del calor, de su displicencia, probablemente pasajera, con los demás, hombres y mujeres por igual, con los presentes en el jardín, con los de la terraza, que tienen la música a todo volumen, y, en resumen, con todos, salvo con Enzo y Fili, que, en este momento, justo allí, en la casa de su prima Lavinia, quien, por cierto, está liándose con un tío, son su familia y lo demás queda en segundo plano. Entonces se acuerda de Biba, cuyo paradero desconoce porque ella no ha querido revelárselo; se acuerda de que es su novia, que vive con él y que debería ser su familia, pero en ese preciso instante Biba no está: sólo están E & F, dos zánganos en busca de su lugar en el mundo, como Biba, aunque con menos probabilidades de éxito que ella.

Ellos no tienen una carrera académica en ciernes, con sus cuatro estadios –becario, investigador, asociado, titular y amén–, por los que hay que pasar introduciéndose en unos espacios que tan rápido se te pueden abrir como cerrar: una travesía por la banquisa de un mar ártico en la que debes saltar de un témpano a otro hasta tu meta, mientras evitas que los osos te desmiembren. Ha bebido demasiado y ése es el motivo por el que incluso esta metáfora le complace. Le gustaría guardarla en un cajoncito de la memoria, pero se desvanece casi al instante, sepultada por el pensamiento alcohólico: aquí nadie tiene la menor idea del mundo en el que vivimos, ni siquiera yo. Ponemos una imagen parcial y aproximada junto a otra en un intento de crear un diorama que nos restituya el todo. Pero nada. Nadie lo consigue, nadie lo ha conseguido jamás. Todo es apariencia, hipótesis; yo soy una hipótesis, los chavales de esta fiesta, también; pero la silla es cómoda y ya estoy medio trompa. Si me levanto, no sé lo que puede pasar. ¿Me marearé? ¿Me caeré? ¿Vomitaré en el césped? Ésta es una cogorza lúcida, de las que a mí me gustan. Eso no significa que conecte al cien por cien y de manera convencional, pero adquiero recorridos mentales distintos, fecundos, casi siempre inútiles. Pronto terminaremos como en la novela de Stephenson, encerrados en burbujas culturales autónomas, pero capaces de autodefendernos. El Estado casi no existirá. Sólo existirán las corporaciones y el Estado será una corporación más. La fuerza ya no estará monopolizada: cualquiera podrá armarse y lo hará. No obstante, el individuo, incluso armado, será demasiado débil frente al poder de las coaliciones y se verá obligado a formar parte de un grupo. Anarcocapitalismo; repugnante en teoría, fascinante en la práctica. Hagámoslo. Vaya comunista estoy hecho.

Mientras rumia estos pensamientos alcohólicos, decide dejar la cerveza porque tiene que conducir. Ya es tarde; sé que estoy como una cuba. ¿Dónde está Biba? ¿Qué está haciendo? ¿Por qué no me llama ni me coge el móvil? Bueno, la verdad es que aquí no hay cobertura... Biba. Biba. Biba.

Repetir su nombre mentalmente es como acariciarla, como rozarle las tetas, como someterse a sus exigencias. Biba. Su adorada dominatriz.

Entretanto, Lavinio se sumerge cada vez más en la humedad bochornosa e inmóvil de esta noche sin viento y sin propósito. Filippo, como viene siendo su costumbre poscoital, pasa el rato amablemente con la rellenita, aunque no le apetezca y tal vez a ella tampoco. Pero, si ahora no se hablaran, si no dijeran cosas vagas, confusas y en absoluto interesantes sobre sus vidas, para la rellenita aquello no habría sido más que un polvo, algo a lo que en el fondo no hace ascos, aunque es incapaz de reconocerlo: no quiere admitir que ha querido tener relaciones con un tío que le ha entrado por el ojo, pero a quien se le nota que está con la cabeza en otra parte, que está deseando darse el piro. Ella siente que, en el *postodo*, debe hacerle pagar la facilidad con la que se le ha entregado, la velocidad de los preliminares, el orgasmo al que le ha hecho llegar a él como si tal cosa y que ella *casi* ha alcanzado.

Casi, el *casi* trágico de muchas chavalas, a quienes sus novios rara vez les proporcionan un placer que necesitarían si lo conocieran de lleno y que, en este caso, exigirían, como hace Biba con Giacomo cuando se le sienta en la cara y él, que adora esto, la lame durante horas hasta que ella se echa a un lado, agotada, y a él le duele el frenillo de la lengua. Esto no es más que un destello, un cuanto de memoria que pasa en un abrir y cerrar de ojos por la mente de Giacomo, que sigue sentado, hecho un guiñapo, en silencio y borracho, en la silla plegable de tela de director de cine.

Este tipo de silla se ha encontrado, tal cual, en tumbas egipcias de hace tres mil quinientos años. Servían para el descanso de los generales durante las campañas militares, cree Giacomo, que ha leído esto en alguna parte.

Enzo, apoyado de nuevo en la barandilla de la terraza, como le gusta hacer cada vez que se encuentra en una, piensa que esta noche Filippo es el único que se comerá una rosca. Siempre ocurre lo mismo: él tiene esa facilidad innata, sigue siendo él mismo en situaciones en las que el resto de los mortales nos comportamos como auténticos chiflados para aparentar algo que les guste a las tías. Pero, cuando está él, no hay nada que hacer: las tías se le pegan como moscas en cuanto lo ven. Es decir, en el plano hormonal, aunque él no haya dicho nada. Y, por lo común, no dice nada, o muy poco. Siempre lo desnudan y lo ponen en cruz como a un Cristo, sólo que, en vez de ponerle clavos y darle lanzadas, le hacen mamadas, piensa el blasfemo de Enzo.

Filippo se aleja de la rellenita, se acerca a él, se apoya en la barandilla de metal estilo años sesenta y murmura que está hecho polvo y que quiere acostarse.

Vale, nos despedimos y nos vamos, dice Enzo.

Son casi las dos de la madrugada: quedarse no tiene sentido; todo aquello que para Enzo y Giacomo podía no suceder efectivamente no ha sucedido. Giacomo está de acuerdo, se levanta, va en busca de su prima. No la encuentra; seguramente esté en alguna habitación montándoselo con su querido. *La broma infinita* yace en una mesa junto a otros regalos, en su mayoría libros. «Clipper», de los Autechre, flota en el aire. A saber cómo ha terminado esa canción en el plato, piensa Giacomo. A lo mejor alguno quería darse tono. Nunca le ha gustado, pero esta noche, sin saber por qué, la percibe de otra manera: le parece más interesante; no querría marcharse justo ahora que esta repetición obsesiva le está haciendo efecto. Es porque estoy borracho, piensa. De camino a la entrada, se da cuenta de que le cuesta sostenerse en pie y de que todo lo que en este momento lo separa de una cama será difícil de afrontar.

Venga, vámonos… No encuentro a Lavinia por ninguna parte, dice.

ANZIO

El Yaris está empapado por la humedad del aire. Las playas de Lavinio están expuestas al oeste; ahí hay oleaje aun con buen tiempo, es decir, con el maestral y con el cíclico poniente de las tardes de julio que, al amainar por la noche, dejan en el aire un salitre pulverizado que la brisa terral, más débil, no consigue barrer. Ahí el Mar, con su olor, su sabor y las distintas declinaciones de su espíritu, está presente en todas partes, hasta en las casas más feas, en los objetos más insignificantes y corrientes, en los jardincitos que sobreviven gracias a los riegos continuos.

Filippo, que es el que menos ha bebido, se pone al volante. Nadie se lo ha pedido, pero los otros dos esperan que conduzca. Y él lo hace.

Acciona el limpiaparabrisas para liberar el cristal de aquella especie de niebla solidificada y, con un pañuelo de papel, despeja el campo de visión, incluido el de las ventanillas laterales. Malestar físico general. Giacomo teme vomitar en cualquier instante.

Già, por favor, ponte delante y así, si te mareas, me lo dices y freno en seco, dice Filippo, como siempre tan calmado y pendiente de todo. Filippo, el único que se ha relajado esta noche porque era el único que no lo necesitaba, y eso las tías presentes en la fiesta lo percibieron, porque las tías perciben al detalle todo aquello que merece la pena percibirse en su entorno social inmediato.

Para gente como Giacomo y Enzo no es precisamente lo mismo: siempre deben hacer un esfuerzo por comprender las situaciones y casi nunca aciertan. Es un defecto de género que las tías conocen bien, aunque no estén seguras de si les supone o no una ventaja.

Enzo, sentado atrás, se echa hacia delante, mete la cabeza entre los asientos delanteros y dice: Già, colega, no veas la escenita que te has perdido…

Filippo sabe lo que Enzo está a punto de decir, pero ni se inmuta. Simplemente se limita a decir: Anda que ha tardado mucho en largarlo el colega.

¿Qué escenita?

Antes, cuando fui al cuarto de baño, parecía que la puerta estaba cerrada con llave, pero, al empujar un poco más fuerte, se abrió de golpe y entré de sopetón. Juro que no quería molestar, y no lo habría hecho de haber estado bien echada la llave… Se ve que con las prisas… En fin, que dentro estaba Fili con esa tía, la del balancín…

Se llama Ida, precisa Fili.

Muy bien, lo que sea. Estaban chingando como perros.

Si no hubiera llegado un soplagaitas a tocar los cojones…, interrumpe Filippo.

Total, que el tío ni se inmuta lo más mínimo, ya lo conoces, prosigue Enzo. Sigue a lo suyo, pim pam, pim pam, se gira, me mira y dice con toda la pachorra algo así como «Venga, cierra». Ella ni se cosca. O a lo mejor sí, pero no se la puede sudar más. Debo decir que el cuadro resultaba de lo más cachondo.

Filippo resopla y dice: Te jode porque yo he follado y tú no. Y por eso tratas de ensuciar con porno barato un polvo de lo más limpio, casi casto, entre dos ángeles inocentes que tenían ganas de echar uno.

Tú no eres un ángel inocente, dice Enzo. Pero tienes razón, la envidia me corroe...

En ese momento, Giacomo grita: ¡Para! Filippo obedece en cuanto puede y el otro sale del coche disparado y vomita en la cuneta, que discurre a lo largo del muro marrón de un chalecito. Filippo sale para ayudarlo, aunque sea sosteniéndole la frente, pero, cuando llega hasta él, Giacomo ya ha terminado y le hace una señal para que no se acerque mientras dice: Qué asco. Enzo no se mueve del asiento trasero del Yaris: de repente tiene náuseas, teme vomitar también.

Giacomo se siente mejor al instante, se queda un rato allí de pie apoyado en el coche, respirando el aire cargado de Lavinio a la tenue luz de una farola. Luego enciende un cigarrillo y dice: Colegas, no es que hayamos ido a una orgía de Calígula; era la fiesta de cumpleaños de mi prima. Lo que ha ocurrido no es más que la excepción que confirma la regla.

¿Y cuál es la regla?, pregunta Enzo.

La regla es que, en las fiestas, y especialmente en las de mi prima, nunca pasa una mierda y siempre sales de allí con los cojones hechos polvo. Pero esta vez no. ¡Uno de nosotros ha logrado el Resultado! Regocijémonos, pero, sobre todo, vayámonos a casa, que tengo que tumbarme. De todos modos la tía no estaba mal. ¿Te ha dejado su teléfono?

Tú a lo tuyo, le responde Fili. ¿Has echado ya toda la pota?

Fili, tú para nosotros eres un faro en la noche, que lo sepas, le dice Enzo. No como Giacomo, a quien Biba se quita de encima el fin de semana y, a modo de compensación, le presta el coche para que vaya a la fiesta de cumpleaños de Lavinia, que al final no me he enterado de cuántos años cumplía.

Treinta y uno, dice Giacomo.

A esta hora de la noche sale a relucir lo mejor de la amistad que los une y que consiste en la confianza de decirse cosas incluso desagradables sin sufrir consecuencias; en resumen, en la libertad de expresión que siempre ha existido entre ellos, aumentada ahora gracias a la desinhibición que proporciona el alcohol y a las fraternizadoras noches pasadas jugando al Risk. Enzo y Giacomo son rivales tácitos en su amor por Biba, pero nunca llegan a enfrentarse en serio, no cuando está delante Filippo, que los calma con su sola presencia y cuya relación con Biba desconocen, y tal vez no lleguen a conocer jamás. Biba no está, les ha dado plantón; se sienten como tres chiquillos a los que una mujer adulta ha mandado a jugar al parque porque en ese momento tiene cosas que hacer. No los va a abandonar, pero ahora está ocupada, está haciendo algo que no les ha contado a ninguno de los tres, y eso los ha dejado intranquilos y en una especie de soledad colectiva, acentuada ahora por las cervezas que se han bebido.

Biba hace lo que le da la gana, dice Giacomo. No tiene que rendirle cuentas a nadie, y mucho menos a ti. Entre nosotros funciona así, pero entiendo que tú, como buen machista que eres, no estás a nuestra altura. Tú te crees que a las mujeres las tienes sometidas.

Me parece que te estás equivocando, replica Enzo. No tengo ni idea de lo que estás hablando. Yo siempre he estado a favor de la igualdad total, aunque no me guste quitar la mesa. Pero no me puedes negar que esta vez Biba te ha dejado plantado.

Ah, que no le gusta quitar la mesa, de ahí el gran-sentimiento-de-culpa, ¿ves?, dice Filippo.

Siempre tienes que meterte en los asuntos de los demás, ¿verdad, Enzo?, dice Giacomo.

Vale, perdona, lo retiro, dice Enzo. Entonces esta salida de Roma no es por el terror de pasar un viernes de julio en solitario, sino un peregrinaje agradable planificado desde hace tiempo con viejos amigos.

Ah, espera, que el miedo a pasar el fin de semana solo en Roma únicamente lo tenía yo: vosotros os habéis acoplado renunciando a fabulosos actos sociales, excursiones en barco a Ponza, aperitivos en la Terrazza Martini, fiestas en el palacio Lante della Rovere y todo eso sólo para estar conmigo. Un detalle por vuestra parte.

¿Qué es la Terrazza Martini?, pregunta Fili.

No lo sé exactamente, responde Giacomo. Es una terraza donde se celebran las fiestas de postín de Roma. No sé ni dónde está. Era por decir algo. Un ejemplo, ¿vale?

Vale, vale, dice Filippo, y se concentra en la carretera porque por delante tienen bancos de niebla baja y densa que limitan la visibilidad y empapan el parabrisas. Ahora, por precaución, viajan a cuarenta kilómetros por hora. Filippo conduce bien, es prudente y fiable; los otros dos se relajan, como siempre hacen cuando él está al volante, mientras la noche continúa en plena reproducción de la nada.

El negro es el color más bonito que existe, salta Enzo.

Parece que ninguno lo está escuchando y él mismo no sabe ni por qué lo dice. En ese estado de semiborrachera le han venido a la mente los negros alquitranados de un artista francés cuyo nombre no recuerda, los negros de Alberto Burri, menos profundos, los cuerpos negros de Anish Kapoor, que vio en Londres, en los que la mirada se hunde y se pierde.

Los bancos de niebla a lo largo del litoral se han disipado. Filippo responde que para él, en cambio, es el rojo, un tipo de rojo determinado cuyo nombre no recuerda, tal vez sea carmín, o púrpura, no está seguro. Les cuenta una especie de revelación del rojo que tuvo en los tiempos del último título de liga de La Mágica: era un crío cuando, una tarde, apareció por casa una pancarta rojigualda a la luz del crepúsculo. Irradiaba algo maravilloso que no ha vuelto a ver en ningún otro sitio y que nunca ha llegado a olvidar. Desde entonces espera volver a encontrar esa sensación en algún momento, en algún lugar.

A esta hora, en el centro de Anzio, hay más aparcamiento y dejan el coche prácticamente debajo de la casa de Enzo, que se encuentra en la última planta de un viejo edificio que da al puerto. A Giacomo y a Filippo les encanta esa casa, su ubicación, sus terrazas amplias, su estrafalaria distribución interna y hasta sus dobles puertas acristaladas por todas partes.

La diseñó mi abuelo, que no entendía un pijo de construcción, y se la hicieron justo como la tenía pensada, es decir, a la virulé, les dijo una vez Enzo.

No pasa nada, a nosotros nos gusta tal y como es, respondió Filippo.

A mí un poco menos, repuso entonces Enzo. Pero bonita es, las cosas como son.

La ligera brisa terral se cuela por entre las callejuelas del barrio de los Pescadores, donde adquiere la fuerza necesaria para acariciarlos y renovar en ellos la sensación de estar vivos que experimentaron unas horas antes, al llegar de Roma.

Giacomo, después de vomitar con una única y virulenta arcada la cena de Egidio el del Puerto, a treinta mil liras por barba, se ha quedado dormido en el coche. Hay que despertarlo, sacar las mochilas del maletero y subirlas cinco tramos de escaleras antes de acostarse entre las sábanas o directamente encima de las polvorientas colchas de algodón azul que protegen todos los lechos de la casa. Pero lo consiguen. Por increíble que parezca, hasta Giacomo sube las escaleras con una creciente falta de aliento, no muy diferente a la de Enzo. Fili no parece tener problemas.

Se ve que el edificio es del siglo XIX, sostiene Enzo jadeando. Durante el Desembarco recibió algún que otro cañonazo.

Enzo, tío, nos lo has contado como doscientas veces, se queja Filippo. Ahorra saliva, que te quedas seco.

Al entrar reciben un fuerte olor a casa-de-playa-cerrada y hace un calor de muerte. Abren los ventanales de par en par y las persianas, grandes y pesadas, que dan a la terraza, al puerto, y las de la fachada oeste de la casa, que da al interior. Enseguida se crea una estupenda corriente de aire que se lleva el olor y el calor, y que permite la entrada de los mosquitos. Pocos muebles de los años cincuenta, restos de otra casa, a saber cuál, cuadritos en las paredes con marinas al óleo –Los pintó mi tío hace muchos años, dice Enzo–, una mesa y algunas sillas. En un rincón hay una pila de hamacas de lona azul, plegadas, que ellos de inmediato sacan a la inmensa terraza y se ponen cómodos, se encienden un cigarrillo cada uno y cierran los ojos mientras pronuncian algunas palabras.

No hay quien pueda con esas escaleras, dice Enzo, que aún no ha recuperado del todo el aliento.

No me lo recuerdes, que todavía me da todo vueltas, resuella Giacomo, sudando como un cerdo.

La verdad es que con treinta años ya estáis hechos dos vejestorios. Y, encima, os metéis toda esa cerveza caliente entre pecho y espalda…, dice Filippo.

Giacomo se amodorra casi de inmediato en la tumbona. Al rato, Enzo coge una mantita de la casa, se la echa por encima con cuidado y se la remete por los lados para taparlo mejor y para que se quede más sujeta.

Vamos a dejarlo que duerma aquí, no hace frío. Si lo levantamos, es capaz de vomitar otra vez y nos tocará limpiar, así que corremos el riesgo de que vomite yo también, dice.

Filippo no lo está escuchando: tiene la mirada perdida en el mar que se ve entre los postes de la barandilla, de un azul muy oscuro, rasgado por el reflejo de una luna casi llena, o menguante, no está seguro. Fuma y contempla las parpadeantes luces de la lejana costa pontina, que llegan hasta Nettuno y tal vez hasta Sabaudia. No conoce muy bien esa geografía y resulta difícil reconstruirla así, con una mera línea horizontal de puntitos iluminados.

Ahora los dos callan. Sin la mediación de Giacomo, es como si Enzo y Filippo perdieran el contacto entre ellos. Ambos saben que, si su amigo eludiera la tácita tarea de conectarlos, se perderían de vista. Con todo, se aprecian.

El cansancio provoca a Filippo una erección. Es algo muy extraño pero agradable. Al rato, se levanta y va al baño a orinar. Con la erección en pleno apogeo, la orina no sale muy bien, tarda mucho, así que tiene que meter el pene bajo el agua fría del lavabo. A continuación, se acuesta en el cuartito de dos camas que da al puerto. Se quita las sandalias y las bermudas, se queda en calzoncillos y camiseta y se tiende sobre la colcha azul, que huele un poco a polvo. Luego le entra calor y se quita también la camiseta. Los mosquitos le zumban en los oídos. Hay un Autan en espray en la mesilla de noche; se lo echa en las manos y se las pasa por las orejas. Le picarán, pero no le fastidiarán con el zumbido. Apoya la cabeza en la almohada, que ha dejado bajo la colcha, y se duerme en el acto.

Enzo se queda contemplando la estela luminosa de la luna en el mar. Tiene sueño, pero no la fuerza suficiente para levantarse. Giacomo está roncando a su lado. Parece dormir a pierna suelta. Se despertará cuando haga más frío y se acostará dentro, en la otra cama del cuarto donde está Fili. Sabe el camino, piensa.

Al final va a lavarse los dientes y se encierra en el cuarto de matrimonio. Se acuesta desnudo sobre la sábana, que por suerte está limpia, y deja la ventana abierta de par en par a la galería que da al oeste. Está convencido de que se dormirá enseguida, pero no es así. Se queda despierto un buen rato; le duele la cabeza y le vienen a la mente muchos pensamientos, añoranzas y nostalgias de personas y lugares distintos de ése. Como cuando, muchos años atrás, en la isla de Estrómboli, en plena canícula y durante el flujo de las radiaciones del volcán, al ver una escolopendra en la pared, tuvo su primera y aterradora crisis de pánico, apaciguada gracias a las pastillas que le dio una amiga, pastillas de las que ahora lleva un blíster en la cartera.

Tengo treinta años, bueno, treinta y dos, y ya dependo del Tavor.

Entonces le sobreviene un prolongado duermevela en estado de semiconsciencia en el que una serie de ensoñaciones y visiones acuáticas le impiden sumirse en un sueño profundo. Se imagina desnudo en el agua; luego, semidesnudo entre gente elegantemente vestida que no le hace ni caso; rememora ciudades destruidas, y jamás visitadas en la vida real, que tal vez ha visto en cuadros o en películas; rememora la fiesta en la que Clara y él se hicieron novios, incluso que en el tocadiscos sonaba el «Wild Boys», de Duran Duran. Por aquel entonces te gustaban mucho, y ahora también, pero no se lo confiesas a nadie. Clara, que poco después cambió tanto. Clara, quien, durante tres años que a él le parecieron una eternidad, fue la única. Los besos con lengua, los lentos y devastadores besos con lengua. Mejor no pensar en eso ahora; más me valdría dormir, construir algo, una cabaña en el bosque, un arco y flechas con puntas de piedra, cambiar de tercio, evitar a toda costa cualquier pensamiento de Biba, cagoendiós, Biba. ¿Por qué las cosas se han vuelto tan complicadas? Ser artista ha resultado imposible; ser diseñador gráfico también es muy difícil, me refiero a que es difícil ganarse la vida con eso... Biba, que primero me deja y luego vuelve de manera regular a hacer el amor conmigo en el coche, en el parking del Olímpico, como si siguiéramos siendo unos chavales... Anda que si Giacomo se entera... Biba en una barca en el agua negra... El escollo, el gran escollo de Estrómboli, clavado en la negrura de un agua sin fondo; ya no quiero tener nada que ver; me ha arrastrado Biba... Basta ya de Biba, basta ya de Estrómboli, del volcán que entra en erupción, basta ya de pasarme las vacaciones aferrado a las laderas de un volcán activo, basta ya de Sciara del Fuoco, basta ya de Ginostra, por mí la isla puede explotar ahora mismo, con todos sus veraneantes incluidos... No tenemos ningún respeto por el océano de magma subyacente. Basta ya de escolopendras gigantescas que avanzan con lentitud por el techo justo encima de mi cama, basta ya de calor infernal y de mosquitos..., de cucarachas tropicales enormes en la ducha... Una colada de lava que quema el mar de cucarachas acumuladas en las paredes del volcán... La *Aspis montecristi*, muy peligrosa... Lampreas que, al acecho en las desembocaduras de los ríos, se agarran a los costados de los salmones que remontan la corriente... Pequeñas medusas marrones con largos filamentos que se te enroscan en el pito y te lo queman, gusanos de agua que se te meten por la nariz y te suben hasta el cerebro... Parásitos que excavan galerías bajo la piel; la garrapata, en la ingle... Larvas de moscarda en los ojos... Sonny Rollins sigue vivo y hace música. Nadie suena como él. A lo mejor hay alguien que suena mejor que él, pero no *como* él... No sólo existen los parásitos...

Su mente divaga, incoherente y deprimida, por el hiperespacio de los que no piensan. Fuera el cielo sigue oscuro cuando se decide a buscar algo para el dolor de cabeza. Se levanta, va al baño, abre el botiquín, hurga; al final encuentra un tubito con aspirinas efervescentes y echa dos en un vaso, vierte agua de una botella de agua mineral que ha pillado de la nevera y asiste al espectáculo de la espuma que se eleva y de las burbujitas que explotan en el aire, hasta que el fenómeno se extingue y el último fragmento del comprimido se desvanece por completo. Entonces se lo bebe disfrutando del frío y de la efervescencia y, al hacerlo, ya le parece que se encuentra mejor.

Cagoendiós, cagoendiós, cagoendiós, no vuelvo a beber más alcohol, se dice en voz alta, y vuelve a tirarse en la cama.

Tiene la sensación de que acaba de quedarse dormido cuando oye un ruido extraño, un frufrú fuerte, como si estuvieran barriendo con frenesí. Lo identifica como un batir de alas que al principio incorpora en sus sueños, donde curiosamente se convierte en un pájaro que intenta alzar el vuelo en un campo de aviación y él, al borde de la pista con un cronómetro, le dice: Más rápido, más rápido. Pero se despierta porque el ruido es real, está allí, en la habitación. Un fragor extraño, como de uñas que arañan y, a intervalos, alas que remueven el aire y que también golpetean algo. La vuelta a la consciencia es lenta y dolorosa. Continúa sumido en un estado de náusea cuando, presa de una paranoia posalcohólica, va recuperando la noción de la realidad. ¿Qué es eso? ¿Qué coño es eso? Se obliga a seguir consciente, enciende la lámpara de la mesita de noche, se levanta, gira el interruptor del plafón. En cuanto la luz invade la habitación, el ruido se intensifica, se vuelve continuo y cada vez más agitado. Procede del balcón, abierto de par en par, que da a la galería orientada al oeste, donde la noche sigue demorándose. En el suelo, entre la pared y la puerta del balcón, hay un palomo.

Enzo separa la puerta de la pared, trata de ayudarlo a salir de allí: que se vaya lo antes posible y deje de batir las alas. El palomo está aterrorizado. Enzo se da cuenta de que está desplumado, enfermo, de que le falta una pata... Tiene unas calvas rosadas en las que ve un hormigueo de parásitos negros. Ante esta visión le sobreviene una oleada de repulsión, un acceso de náusea, y va corriendo al baño a vomitar.

Cuando se le pasa, en lugar de volver al dormitorio, sale a la terraza que da al este, donde se percibe el viento fresco del alba y donde el cielo, por detrás de los montes Lepini, es de un rojo oscuro. Vuelve dentro, abre el armario, encuentra una mantita y se la echa por los hombros. En la cocina coge una botella de agua. Regresa fuera, se sienta en una de las tumbonas que dejaron a merced de la humedad toda la noche y observa cómo el cielo va clareando, cómo aparece la línea de la costa, que tan bien conoce, además del castillo acuático de Torre Astura y, mucho más lejos, la gran masa neandertal del Circeo. Cada vez que la ve, se imagina el tiempo en el que era una isla. Tiene frío, pero, con el palomo sarnoso detrás de la puerta del balcón, no le apetece volver a la cama. En cuanto sale el sol, el aire se calienta enseguida. En el cielo no se ve ni una nube; abajo, en el mar, regresan los barquitos pesqueros. En el faro del puerto hay un par de cormoranes enormes. Gaviotas en pleno vuelo o flotando en la oleaginosa agua de las dársenas. Aquí casi todo sigue como siempre, aunque ahora puede que hayan alargado el muelle demasiado, el agua está más turbia, la playa se ha duplicado en anchura y el mirador está cubierto de arena por completo.

Éste es el futuro, estoy en mi futuro de cuando era niño, lo estoy viviendo; el mundo no es como me lo imaginaba y casi nada de lo que esperaba hacer o ser se ha materializado. O tal vez sí, pero no me estoy enterando. O quizá está sucediendo con demasiada lentitud, con dificultad, con amargura, con abandono. Qué mierda. Pero Giacomo y Filippo siguen aquí, como siempre. La casa de siempre en el sitio de siempre, la ciudad costera de siempre, el bochornoso verano de siempre. La nada de siempre. Y ese horrendo palomo. Espero que se haya ido.

Se levanta, va a coger una escoba, vuelve al dormitorio. El palomo sarnoso sigue detrás de la puerta del balcón, tembloroso de miedo y de fiebre. Al ver a Enzo, se espanta y se agita, preferiría que lo dejaran morir en paz allí detrás, pero Enzo lo echa. El palomo bate las alas, trata de meterse debajo de la cama; Enzo le atiza un escobazo, dos, tres. El pájaro se queda inmóvil en el suelo. Enzo lo recoge con el recogedor y se lo lleva a la terraza. Reprime las náuseas. Va a la cocina, pilla una bolsa de plástico, echa al palomo dentro y cierra la bolsa; siente que se mueve: sigue vivo. Se pone unas bermudas, abre la puerta de la casa, baja las escaleras, cruza la calle y tira el palomo en el contenedor de enfrente. Sube. Vuelve a vomitar. Luego se tiende en la cama con la ventana y la puerta abiertas de par en par. Ya casi es de día, todavía hace fresco; se echa una sábana por la barriga, trata de dormirse y lo consigue en el acto.

BIBA

Biba partió por la mañana temprano rumbo a Génova. Salió de casa a las seis; Giacomo estaba dormido, como siempre a esa hora.

A él le gusta trasnochar, se pasa las horas delante del ordenador. Por trabajo, pero, sobre todo, porque le gusta perder el tiempo en los distintos chats en los que participa. O se pone a ver la tele hasta bien entrada la madrugada, hasta que se le cierran los ojos y es incapaz de leer una sola línea; a duras penas logrará lavarse los dientes y el hilo interdental quedará más allá de cualquier prestación psicofísica imaginable.

Biba suele acostarse primero porque le entra sueño antes y se despierta antes: ella es así.

Esta mañana, Tiziana se pasó a recogerla en la puerta de casa. Fueron juntas en metro a la estación de Tiburtina. Desde allí, desde la confusa plaza que queda delante de la estación y la rampa elevada, es decir, desde uno de los lugares más desolados y, por la misma razón, más interesantes de Roma, testigo del trasiego de gentes de las Marcas y de los Abruzos, parten también unos cuantos autobuses llenos de profesores del sindicato Cobas, que participa en las manifestaciones antiglobalización de Génova y al que Tiziana, suplente ultraprecaria, está afiliada, por lo que ha arrastrado a Biba, que ha decidido apuntarse en el último segundo.

No sabe muy bien por qué. Tal vez, después de tantos años de nada, le apetezca formar parte de algo.

Ella no se siente especialmente antiglobalización, no va de anarquista por la vida, al contrario que muchos de sus coetáneos, porque no *es* anarquista, no es comunista, no es socialista, no es fascista, no es practicante, no es atea, no cree en un «modelo alternativo de desarrollo», ni siquiera en el desarrollo, no cree en el decrecimiento, pero detesta la mera mención de la palabra *crecimiento*, odia el PIB, el liberalismo, el estatismo, el reformismo... El ambiente y el discurso políticos le hastían y punto. Si tuviera que responder a una pregunta directa sobre a quién votaría ese día, en ese momento, ella, que lleva años sin votar, respondería: Votaría a la izquierda, pero no sabría ni a qué partido ni por qué.

A unas malas, y en un alarde supremo de lucidez, respondería: Porque estar de parte de los subalternos –conoce bien el lenguaje político que se utilizaba en el Mamiani a finales de los ochenta, aunque nunca lo usa porque le parece ridículo hacerlo y, en este sentido, es de la misma opinión que GEF: lo que se remonta al instituto se queda en el instituto, a excepción de esa extraña y dulce intimidad física y mental que cuando está con GEF la hace sentir en familia–, porque estar con los subalternos le parece más decente que pasar del tema, aunque no sabe muy bien cuáles son las implicaciones políticas ni qué acción, qué pertenencia, qué sentimiento *interno*, qué formas de expresión, qué manifestaciones *externas*, qué participación ni con quién, ni, en definitiva, con qué vida, con qué existencia y con qué objetivo, que no sea la típica fisiología animal que se hace pasar por *ethos*, llegar consumiendo lo justo a los ochenta años, palmarla en paz y, evitando un *no cementerio* como el de Prima Porta, que la cremen y adiós muy buenas.

Va a la manifestación porque nunca ha estado en Génova. Y porque le han dicho que esta vez estarán *todos*. En el periódico ha leído quiénes son esos *todos*: una miríada de siglas políticas, parapolíticas, apolíticas y religiosas, una amalgama que aglutina el antagonismo contemporáneo y mundial, escriben los periódicos, que aún son de papel, que uno compra por la mañana en el quiosco, que te llenan los dedos de tinta y que, para hojearlos, tienes que estirar los brazos. Utilizan esta palabra: *antagonismo*. Biba también la odia porque no quiere decir una mierda. O, mejor dicho, quiere decir mucho, porque, por un lado, designa a los que *no están de acuerdo*, sean quienes sean, y, por otro, admite a los que no se autodenominan *antagonistas*. Y esto, me vas a perdonar, dice Biba, es como englobarlo todo y nada al mismo tiempo, porque hasta un vegano, llegado a este punto, puede considerarse antagonista, aunque no sepa de qué o de quién, dado que la industria alimentaria se ha puesto las pilas y prepara comida a precios desorbitados para los que son como él, como pasa con el pienso para los gatos. ¿Estarán los veganos en Génova? Biba no lo sabe, y mucho menos Tiziana, Armando, Paolo o Erminia, compañeros de viaje que están sentados cerca y con quienes intercambia palabras y más palabras en el autobús, como si dispusieran de una reserva infinita, porque ignoran que *esas* palabras para decir *esas* cosas pronto morirán junto con los motivos para pronunciarlas, se desvanecerán en la neblina de sus mentes, incluso de las más determinadas y lúcidas, que las olvidarán y que, durante el resto de sus vidas, mirarán confusas a otra parte, y a otra, y a otra.

Biba empieza a ser consciente del desvanecimiento de las palabras, o de su transformación y su cambio de significado, de la reticencia de las palabras de su lengua a tratar de expresar la mutación, y de su abandono casi universal a la lengua del Imperio, que desembarcó por primera vez en Sicilia en 1943 y ya no se marchó; es más, se ha convertido en el instrumento para designar lo nuevo, lo *cool*.

Biba, sin embargo, no sabe muy bien si esta decisión de ir a Génova, con la mochila y el microsaco de dormir, forma parte de su pasado, al que tal vez cree dedicar un último tributo, o del futuro, del que, en cambio, no sabe nada, aparte de que tanto para ella como para los que viajan en ese autobús, y los que viven en las casas y en las ciudades que desfilan a toda velocidad a través de la ventanilla, *no existe ningún modo de influir* en él que no sea únicamente, y en última instancia, protestar contra aquéllos –¿Quiénes son? ¿Dónde están? ¿Cómo operan?– que se supone que poseen la capacidad de determinarlo: ¿George Soros? (¿Quién coño es ése?) ¿Las Grandes Finanzas? ¿Las Multinacionales? (En esencia el SIM de las Brigadas Rojas.) ¿El Turbocapitalismo? ¿Los Poderes Ocultos que están sometiendo el planeta a sus intereses? ¿Son todo sandeces o no? ¿Quién tiene la respuesta? Nadie.

Tal vez Biba no sea guapa, aunque lo más probable es que sí, porque posee un poder de atracción irresistible sobre los hombres, aun sin proponérselo, sobre todo, sin proponérselo. Es alta y delgada, lleva gafas con una montura negra que ha elegido pesada, casi como si quisiera esconder la cara. El pelo, oscuro y corto por encima de los hombros; un rostro irregular, con grandes ojos negros, la nariz bastante pronunciada pero recta, con una levísima desviación a mitad de camino. Las aletas, delicadas, bien definidas, ligeramente abiertas, como en los bronces de Benín. Boca de labios gruesos, perfilados y marcados, con el labio superior respingado, lo que deja al descubierto dos incisivos blancos, sutilmente salidos. Tiene el cuello largo, los hombros anchos, los pechos pequeños y definidos, compactos.

Flamencos, le dice Giacomo. Las líneas de su cuerpo son suaves. Luego, está el culo. En el Mamiani, Biba era de las famosas por tener un culo bonito; cada instituto tiene sus famosas por los culos, y lo mismo ocurre con los chicos. Tiene las piernas derechas; los muslos largos, tal vez un poco delgados, y dejan un triángulo libre donde conectan con el pubis. El rayo verde, le decía Enzo. Rodillas un poco huesudas, gemelos nervudos. Pies monos, arqueados, ahusados, un poco grandes.

La unión de su esencia y su presencia corpóreas resulta en una conjunción implícitamente tónica, pero no en el sentido muscular o atlético: el cuerpo de Biba es femenino, tierno y flexible de un modo enérgico; su manera de moverse no puede describirse con palabras, pero es imposible no reparar en ella, y, junto con su desparpajo y su velocidad al hablar y al actuar, genera respeto y un consenso carnal inconsciente que a su vez genera atracción, es decir, placer al estar a su lado. Y quien está a su lado corre el riesgo concreto de enamorarse de ella.

De hecho, en el instituto era célebre porque todos estaban un poco enamorados de ella, aunque ella no se lo tenía nada creído, algo que la volvía aún más peligrosa. Biba ha estudiado Derecho Internacional, ha aprendido a hablar inglés y francés bastante bien, goza de un aire desenvuelto, resoluto. Se está preparando para las oposiciones a fiscal y está haciendo una pasantía en un gran bufete de abogados, donde ya se han percatado de que podría resultarles muy útil, motivo por el que le pagan un salario bajo, aunque no ínfimo, es decir, comparable al que a duras penas ganan Enzo, Filippo o Giacomo en sus respectivos ámbitos de supervivencia. Con respecto a los tres, ella es mucho más realista y concreta, y está mucho más atenta a lo que sucede a su alrededor.

Parece que hoy están yendo muchos a Génova: más o menos trescientos, entre asociaciones y grupos, cada uno con su lectura del presente hipotético, pues nadie sabe con exactitud qué es la globalización. ¿Tendrá cada uno un eslogan? Lo de concentrarse allí es bonito, es decir, lo de que las multitudes converjan en un mismo sitio por un mismo motivo, pero también es señal de fragmentación política: cada uno dice lo que piensa, da igual que seas marxista, leninista o budista. Éste es el fin del antagonismo compacto, como el del Partido Comunista, que dicen que aterrorizaba a los patronos. Ahora los patronos no tienen miedo, piensa Biba, que, al igual que GEF y muchísimos de sus coetáneos, año arriba, año abajo, sólo puede avanzar en el presente más gélido, pues el pasado ya está desprovisto de todo significado.

Ni el cine, ni la música, ni el arte del siglo XX despiertan el menor interés en ellos. Se dirigen hacia un futuro que, imposible de planificar y difícil de gestionar, les fascina y por el que sienten rencor, ya que los arrastra con violencia sin darles tiempo a comprender, a organizarse, a coger aliento, a mirar a su alrededor y, si no a juzgar, al menos a formarse una opinión. El presente escapa a su juicio; avanzan inseguros como por encima de una capa de hielo.

He aquí, por tanto, este autobús sindical con destino a Génova que, para perplejidad secreta de sus pasajeros, viaja por la autopista. Tal vez Biba se encuentre a bordo para volver a sentirse parte de algo que no sea hacer carrera en un bufete de abogados, o tal vez sea para comprobar cuánto se ha distanciado del mundo politizado en el que vivió hasta hace pocos años, cuando todavía estudiaba, aunque para ella, al igual que para los medianamente privilegiados que han gozado de una educación, lo que cuenta y contará toda la vida es el instituto. La huella indeleble de Benedetto

Croce y Giovanni Gentile sigue marcando a los italianos que asistieron a él, ya fueran de letras o de ciencias.

Biba *es* Mamiani, al igual que Giacomo, Enzo y Filippo y, bajo las capas de sedimentos que las personas que ha conocido, los estudios universitarios, el trabajo, el ambiente social, el barrio y la ciudad, y, en definitiva, su esencia romana, van depositándole encima, siempre será Mamiani. Y seguirá siéndolo incluso cuando logre dejar a GEF a su suerte, incluso cuando abandone a esa segunda familia de hombres desnortados y titubeantes con los que se ha criado.

Al igual que muchos de sus compañeros y coetáneos del instituto, es decir, aquellos que formaban parte de la comunidad del patio, dividida a su vez en subcomunidades transversales de sección y de aula, Biba conoció el privilegio de un espacio abierto a todos, un espacio en el que pasaban el recreo alumnos procedentes de otros institutos o a cuya salida se demoraban un buen rato, donde también quedaban por la tarde, en la cancela, bajo los inmensos plátanos de sombra de viale delle Milizie. Fue en este instituto donde estrechó lazos con GEF, un ente amistoso forjado ya en una de las escuelas de enseñanza secundaria del barrio: ellos tenían dos años más que ella, pero la acogieron enseguida, se enamoraron enseguida de ella y enseguida intentaron tener algo con ella, aunque (por lo que Enzo sabe) no se comieron una rosca, excepto el propio Enzo, que una tarde recibió una llamada de teléfono de Biba en la que le dijo: ¿Nos vemos esta tarde tú y yo solos en algún sitio donde no nos conozcan?

A Enzo le entró un ataque de colitis de la emoción, como le sucedía cada vez que se perfilaba una perspectiva erótica en el horizonte. En el pub no comió nada; se limitó a beber en un intento de controlarse. Hablaron mucho y, al final, al doblar la esquina, se besaron largo y tendido, ella con la espalda apoyada en la pared de travertino rústico de imitación del edificio y las manos de Enzo en las sienes, como para inmovilizarla mientras le exploraba la boca con la lengua. Aquella noche no lo hicieron porque no sabían dónde, pero a partir de entonces se organizaron de varias maneras, siempre en secreto, como Biba quería y como sigue queriendo.

Enzo terminó el instituto dos años antes que Biba y se metió en Bellas Artes, casi avergonzado. Biba hizo los dos últimos cursos sola; quedaba con GEF cuando podía y guardaba el secreto de su romance con Enzo. Cogían el tren a primera hora de la tarde y, en menos de una hora, se plantaban en Anzio, donde hacían el amor en la casa de veraneo de la familia de Enzo. Frío húmedo; debían dejarlo todo en orden antes de volver a la estación para estar en casa a la hora de la cena.

En el instituto sacaba adelante las asignaturas: no era buena en Matemáticas, como casi nadie de aquella clase –tal vez porque la profesora no era buena enseñándolas–, y ése es el motivo por el que se convenció (obedeciendo sin saberlo el dictado fascista-gentiliano) de que sólo podía dedicarse a algo que tuviera que ver con las letras, con el latín o el griego, con la lengua italiana, con la historia o con la filosofía, aunque, como no quería matricularse en Filología para no terminar dando clases en un instituto ni hacer Filosofía porque, según ella, era una disciplina demasiado excéntrica, anticuada e inútil cuya única salida también era la enseñanza, y, como tampoco quería hacer Ciencias Políticas porque, vista desde fuera, le parecía una carrera vaga y demasiado abierta, terminó haciendo Derecho, del que siempre había oído decir que era un nido de fachas, rumor que resultó ser cierto.

En su esencia más básica –es decir, si la despojamos de su núcleo familiar, la guardería, la escuela primaria, la varicela, la Muerte de su Abuelo, las representaciones escolares, la escuela de danza, la secundaria, las compañeras, la lucha contra los preceptos de la iglesia católica, la formación biocultural de una deliciosa animalidad femenina, la inteligencia, la ironía, el eros desinhibido y, en consecuencia, los flechazos locos, los momentos de felicidad increíble y los de desesperación, el aburrimiento infinito, la política y el *espíritu comunista* casi obligatorio en el Mamiani de aquellos tiempos, las manifestaciones, la vigilancia constante de los fachas apostados en la cancela del instituto, las amistades, los libros y las películas, y *Ana Karenina*, la música, los manga y los videojuegos, las amigas, los gilipollas y las gilipollas, la SH 50 y el Accidente en via della Giuliana, los viajes por Europa con Interrail, el mes en Nueva York, los veranos infinitos en la playa, por tanto, el éxtasis de nadar y de los veleros, la facultad, los exámenes, el estudio mnemotécnico y el conceptual, el contacto formativo con sus compañeros de universidad, casi todos *no comunistas*, por increíble que pareciera, y con los profesores, rara vez interesante, las horas y horas de estudio y el no hacer una mierda, las tardes y las noches pasadas leyendo, o acostándose con alguien, o discutiendo, bebiendo, fumando o haciendo el tonto; si la despojamos de la pesada capa de la Ciudad Eterna–, ésta ha sido la estructura de su vida burguesa hasta la fecha, hasta este viaje a Génova un tórrido viernes de julio de 2001.

El grado de participación política que se respira es bajo, dudoso y vago. Lleva un par de porros en la mochila. Comparte uno con Tiziana. El olor a hachís alerta el prurito moral de los camaradas del sindicato. Las reprenden, pero el porro se lo terminan igual: la sensación de calor en la nuca, el sentimiento de paz, el hambre, el bienestar, el sueño.

La llegada a Génova está prevista a las doce y media. Circunvalación-autopista-área de servicio para tomar un café e ir al baño, luego otra vez autopista y más autopista, hasta la A11 y la A10, con vistas ligures al mar.

El autobús toma una salida a la altura del peaje de Génova Este. Su destino final es una plaza llamada De Novi o Da Novi, o algo así, donde se concentran los sindicatos, pero se adentra en la red viaria local y hace una primera parada en una explanada cercana al estadio Carlini, donde se bajan los camaradas que participan en otra manifestación. Tiziana dice que ésa es la concentración de los Desobedientes, otro dice que es la de las Batas Blancas, en definitiva, Luca Casarini, los antagonistas, quizá no extremos como los del bloque negro, pero bastante cabrones. A Biba le cuesta distinguir las posturas políticas, pero Tiziana le ha contado durante el viaje que hay distintas formas de entender este acto: hay quien sólo quiere manifestarse y hay quien va buscando la confrontación, quien se propone destruir «los símbolos físicos del capital» y quien quiere intentar adentrarse en la Zona Roja aunque sólo sea un metro, como acto simbólico, es decir, como violación de un lugar en el que se pacta el poder mundial. O sea, el recinto blindado al otro lado del cual estarán el Mierda y sus huéspedes, le explicaba Tiziana. Estará el alemán, ¿cómo se llama?, Schröder, y Chirac, el japonés, no me acuerdo de su nombre, y también ese cabrón de mierda de Blair, además de Bush, Putin, los gilipollas que están decidiendo el rumbo histórico que debe tomar el mundo, o sea, nosotros, nuestras vidas, prosigue Tiziana. Bueno, no lo van a decidir hoy en Génova, esto sólo es un acto simbólico: han venido a comer langostinos y a celebrar encuentros bilaterales, confidenciales, de los que no sabremos nada.

No hay que olvidar que ellos no son más que títeres que favorecen los intereses del capital internacional y, llegado el caso, como pasa con el Mierda, los propios, sentenciaba el camarada de la fila de al lado. A nosotros nos pueden sacrificar, o sea, transferir, readiestrar o despedir, continuó el compañero. Es a nosotros a quienes deslocalizan; somos nosotros los que se despiertan una mañana y se encuentran con que la fábrica ya no está, con que le han dado el cerrojazo: fuera hay un cartel que pone que está cerrada. La han trasladado a Rumanía, donde la mano de obra cuesta nada y menos, y hay gente a la que pueden explotar a voluntad y que está como estábamos nosotros en los años cincuenta, dispuesta a todo con tal de trabajar. Es a nosotros a quienes se puede explotar de manera infinita, en cualquier parte del mundo. Es a nosotros a quienes se puede machacar físicamente porque cada vez se controlan menos los lugares de trabajo, porque al capital no hay que tocarle los cojones, ya que «crea riqueza».

Este camarada tiene una visión clara y precisa, tal vez un poco esquemática, piensa Biba, pero «mejor una visión simplificada que ninguna», dice siempre Giacomo, aunque, bueno, simplificada, ¿por qué? ¿Cómo quieres que estén las cosas si no están como dice este compañero –creo que es un bedel, de modo que tiene el puesto superasegurado– del sindicato escolar? Sin embargo, yo *objetivamente* pertenezco al extremo opuesto, por llamarlo de algún modo. Me estoy formando justo para defender los intereses del capital internacional y no debería estar en este autobús. Los del bufete no pueden enterarse; oficialmente soy neutra en el plano político y hoy debería estar en el Zagaja, es decir, en la playa, como ha hecho todo el mundo hoy en Roma. En los tiempos que corren, ¿a quién le importa el trabajo, las fábricas y los obreros? ¿Venir aquí es una especie de compromiso? ¿Una expiación? ¿Una traición de clase? ¿Una verificación? ¿O simplemente una gilipollez? Bueno, he venido y ya está.

Este autobús cargado de política se detiene. Biba, Tiziana y un grupito de camaradas bajan, abren una vieja guía de la ciudad con un mapita y se dirigen hacia el estadio Carlini, que resulta estar vacío, es decir, lleno de tiendas de campaña y de basura, andrajos y trastos varios dejados allí a la espera de que sus propietarios vuelvan de la manifestación, que salió hace media hora, según les informan unos tipos que se han quedado montando guardia.

Hay que salir de allí y bajar por unas calles altas, empinadas y estrechas en dirección a las consignas que se oyen más abajo, junto con la música que sale de los altavoces, un murmullo profundo y continuo, además del retumbar incesante, apocalíptico e intimidatorio de los helicópteros que sobrevuelan la zona a baja altura. Desde arriba, la manifestación no se ve pero se intuye: a lo largo de todo el recorrido van quedando papeles, colillas, bolsas de plástico, botellas vacías y otros residuos tirados por el suelo. Cuando llegan a la cola, ésta se les presenta como una aglomeración deshilachada, desmembrada, disuelta y despreocupada con respecto a la solidez física y mental, y en ese momento también ideológica, y hasta política *–sea el enfrentamiento que sea–*, de la cabecera, acorazada con plexiglás y cuyos combatientes van ataviados con cascos y una irónica armadura de gomaespuma para absorber los palos que llegarán de fijo, junto con los gases lacrimógenos, cuyos efectos hay que paliar restregándose los ojos con limón y enjuagándoselos con agua. Todo un poco a la ligera, con cierta alegría y una inconsciente falta de organización. Pero, más abajo, en el cruce entre via Tolemaide y corso Torino, están los carabineros.

Por lo que Biba –que en los tiempos del movimiento estudiantil Pantera tuvo algún que otro enfrentamiento con los maderos– ve desde allí, entiende que existe una clara voluntad de sus camaradas por llamar la atención, lo que quiere decir que van a recibir palos. Y a darlos, claro, aunque no sabe con qué ni por qué. A ver, con qué lo sabe, con lo que encuentren a mano: adoquines metódicamente arrancados, patas de sillas de bares descuajaringadas para hacer trancas, trancas auténticas llevadas desde casa, cócteles molotov fabricados la noche anterior, etcétera. Todo esto seguramente saldrá de la nada, si es que no lo ha hecho ya a la cabeza de la concentración.

La marcha lleva parada casi una hora; Tiziana se perdió de vista después de encontrar a unos camaradas que no veía desde hacía tiempo y a los que se acopló, pero a Biba no le apetece acoplarse a nadie, no quiere quedarse quieta, quiere ver qué ocurre, de modo que se abre paso entre los manifestantes, algunos muy graciosos, con sus tocados antiporras, uno incluso con una especie de corpiño hecho con botellas de plástico, extraños cubrehombros terminados en punta, estilo Star Trek, cierta ironía rabiosa, algo que no es nuevo para ella, aunque el ambiente que se respira no es bueno, apesta a adrenalina, a miedo, allí delante les espera un muro de carabineros escudados.

Puede que esta manifestación sea un acto simbólico, pero, joder, no todos los presentes quieren jugar, «manifestar su disconformidad», sino que muchos están buscando el enfrentamiento, y los negros, los del bloque negro, quieren erradicar los símbolos del capital, de la riqueza, del dominio –en la práctica, los cajeros y algún escaparate que otro–, para lo cual no es necesario venir a Génova; éstos quieren liarla parda, portan banderas negras, que me gustan, son violentas, asertivas y un poco fachas, tal vez tengamos que ser malos y hacer como ellos. Un compañero del autocar me decía: «Eso no va conmigo: lo destrozan todo, crean tensión, provocan las cargas y luego se largan. No digo que no sean camaradas, son anarquistas, y, hoy por hoy, quien demuestre antagonismo es un camarada, pero enfrentarse a los trabajadores del Estado es un acto político, es una práctica que cuenta con su historia y sus técnicas, sus tácticas y ciertos valores que no te sé explicar ahora mismo... Sí, valores, significados políticos. Salir a la calle no sólo consiste en protestar: es constatar una presencia, usar el terreno, apropiarse de él, existir políticamente en el espacio y también en la violencia, cuando es preciso, sobre todo, para defenderse; que te den leña no está bien, es de víctimas, es victimizarse, es agazaparse, es lamentarse, es no reaccionar con la cabeza alta retándolos y mirándolos a los ojos... Son humanos como nosotros, chavales del extrarradio de Nápoles que han dejado los estudios, de Basilicata; calabreses hoscos y socialmente cabreados, gente obligada, forzada: no hay que olvidar estos datos cuando te enfrentas a ellos...». Estuvo así como una hora. Fue interesante.

Los camaradas mayores –éste tendría unos sesenta años– son así, firmes, fieles a sus principios, le dijo Tiziana después de que el hombre se durmiera. Es como viajar atrás en el tiempo hacia una época comunista que no he llegado a conocer y que no sé si fue bonita o fea, pues ninguno de ellos te lo sabe decir con exactitud. Aquí hay más de uno. Me han dicho que los refundacionistas y los sindicatos clásicos se concentran por una parte, y los Cobas de base, por otra.

A medida que Biba avanza hacia la cabecera, se va encontrando con gente que viene de vuelta, personas inofensivas, sin atavíos de gomaespuma; tienen la cara pálida y tensa, se marchan. A lo lejos, en dirección al cruce, en una especie de niebla que no sabe si es polvo, vapor humano, gases lacrimógenos o las tres cosas, se divisan los escudones de plástico transparente, se ven volar las granadas de gases lacrimógenos y se oyen estallidos y estruendos en medio del fragor del gentío, superado a rachas por el de los helicópteros, por los gritos, los cánticos, la música que sale del camión que avanza con la manifestación. Biba empieza a percibir únicamente polvo, calor y miedo. Al cabo de unos instantes, todo se transforma y se convierte en una situación emocionalmente insostenible. Empieza el lanzamiento de piedras y objetos de todo tipo. Un muchacho muy delgado que va a su lado, dirigiéndose a su entorno inmediato de camaradas, dice: Están cargando; vamos a echar una mano, joder. Joder-joder-joder.

Mientras tanto, la concentración parece dispersarse, los manifestantes reculan, muchos se retiran, otros huyen remontando el recorrido, a algunos les sangra la cabeza; se ven salpicones de sangre espesa en el asfalto, manchas viscosas sobre las que la goma de las suelas de los zapatos no agarra y, por un instante, los pies resbalan. Biba retrocede con los demás ante la nube de gas lacrimógeno: los ojos y la garganta le queman, siente que las piernas le flaquean y le falta el aire, cada vez más; le resulta imposible hablar y casi respirar, pero, sin saber cómo, consigue gritar al unísono con los demás: Asesinos, asesinos, fascistas asesinos, cabrones, hijos de puta, siervos.

Entonces, casi sin darse cuenta y sin un motivo consciente para hacerlo, se detiene y vuelve a avanzar hacia la cabecera de la manifestación; se deja adelantar por los que huyen, atraída de repente por esa violencia en estado puro que, más que ver, intuye que se está desencadenando allí delante, donde oye gritos y golpes, y donde ve que se levanta polvo y humo, y vuelan objetos y piedras. No siente rabia: está aterrorizada y, al mismo tiempo, el peligro la tiene casi hipnotizada, como un ratón incapaz de huir ante una cobra. Se apoya en la pared de un edificio y deja que sus camaradas, que están haciendo frente a las cargas de los carabineros, avancen y retrocedan ante sus propios ojos, sin participar, sin decir ¡Asesinos!, sin gritar ¡Basta! a esos grupos desatados de maderos que están ensañándose con un manifestante al que han echado el guante al vuelo, como si hubieran salido a cazar focas y las estuvieran matando a porrazos, militares que se salen de las filas y acuden para desfogarse a golpe de bota y porra con alguien que, tratando de protegerse, se ha hecho un ovillo en el suelo y tiene la cabeza entre los brazos para amortiguar los golpes, alguien que grita como un cordero en el matadero hasta que el porrazo llega implacable al cuero cabelludo, lo aturde con un dolor fortísimo, le abre una brecha que empieza a sangrar en el asfalto a goterones que se juntan formando auténticos charcos, pues, al tener la cabeza llena de sangre, ésta chorrea e impregna las camisetas por la espalda y por el pecho, y, mientras se derrama, ya empieza a coagularse y se vuelve densa como el sirope.

Tiene la consistencia del kétchup, piensa Biba, que observa de cerca, petrificada, atónita, paralizada de miedo, pero también a causa del inesperado interés que experimenta ante lo que sigue considerando una escena completamente ajena a sí misma, como si aquellos pocos metros la separaran del escenario de *El espectáculo Génova G8 2001*, año que tiene reservados otros espectáculos inhumanos y mucho más apocalípticos: aún están por llegar, pero, para quien escribe este libro, ocurrieron hace ya veinte años y quedaron fijados en el tiempo junto con el G8 como anotaciones, como *post-its* pegados a la cronología histórica posterior a la Segunda Guerra Mundial para marcar dos singularidades bien distintas, ambas con un antes y un después.

Un carabinero se le acerca tanto que Biba percibe el hedor ácido de su sangre saturada de tensión; el tipo hace amago de alargar un brazo, de agarrarla, de capturarla, de hacerla suya y de ejercer sobre ella, durante unos minutos, un poder físico casi absoluto, pero Biba, inmóvil, de pie junto a la pared, perfectamente erguida, pálida y congelada, encuentra un extraño tono de voz imperioso y suelta un ¡A-mí-no-me-toques! que parece petrificar al carabinero, ataviado como un hoplita, quien esperaba más bien un grito o un gesto, una postura de sumisión victimista, una fuga, un zafamiento, en definitiva, una reacción de foca acosada, pero que, en cambio, se encuentra frente a alguien que le recuerda a la Virgen de las Nieves, inmutable, con la mirada fija, incrédula y severa, un rostro que se ha vuelto bellísimo, ojeroso, blanco entre el cabello negro. El carabinero vacila, como hace un depredador cuando la víctima da señales de respuesta anómala, y detiene el brazo, no la golpea –es en estos días cuando debuta la nueva porra americana (todo antes o después se adecúa a los estándares imperiales), más larga, con mango: la están *probando*, le ha dicho una camarada hace unos minutos antes de escapar–, sino que se gira, sin tocarla y, al no encontrar cerca a nadie a quien aporrear, vuelve atrás y empieza a perseguir a un muchacho cuyo chaleco de gomaespuma roja revela su presencia como si ondeara un capote.

Biba no sabe cuánto tiempo continúa el avance y retroceso de la manifestación entre enfrentamientos y repliegues, pero llega un punto en que, exhausta, tira por una bocacalle, se sienta en el murito de una verja, se enciende un cigarrillo y oye a los camaradas, sudados, extenuados, trastornados y malolientes que están sentados a su lado decir:

Nunca había visto nada igual.

Quieren matarnos a todos.

Golpe de Estado.

Escuchad lo que os digo: están pasando cosas, hoy aquí matan a alguien.

Hijos de puta, asesinos.

Yo me voy. No lo soporto. Me vuelvo a la estación y regreso a casa.

Tienen la respiración entrecortada, se han quedado roncos; algunos están muy pálidos, otros morados del calor; sudan cubiertos de polvo, chavales y chavalas, casi todos muy jóvenes, si bien no faltan los más maduros y son éstos los que hablan recordando sus vivencias de muchos años atrás, aunque alguno hace referencia a Nápoles, a Seattle y a Gotemburgo, a lo que pasó en Gotemburgo hace un mes escaso, cuando hubo un tiroteo. A él también le falta el aliento y tiene los ojos hinchados. Y añade: Deberíamos haber sabido que los *lobbies* globalizadores no tolerarían una oposición seria al derrotero que han tomado.

Se trata de un hombre con bigote que Biba cree que tendrá unos cincuenta años, pero nadie lo está escuchando en ese momento, ni siquiera cuando dice: Sin una organización en condiciones... Así no se sale a la calle, hombre. Biba conoce a este tipo de camarada: un intelectual menor al que le gusta escucharse hablar, y no es que le falte razón, pero nadie le presta atención. Ya nadie escucha a nadie, piensa Biba, y le gustaría continuar desarrollando este pensamiento, pero una barrera negra aparece en el cruce de una calle cuyo nombre desconocen. Nadie sabe dónde se encuentran en realidad, pero justo allí, a menos de cien metros, surge una muralla de carabineros vestidos de negro que avanzan golpeando los escudos como diciendo: Ahora os vais a enterar. Vamos a reventaros la cabeza porque hoy podemos reventar cabezas con impunidad: el ministro está de nuestra parte, Fini está de nuestra parte; él es fascista, nosotros somos fascistas, practicamos el fascismo, aquí y ahora.

Biba aún no lo sabe, pero hace rato ha decidido marcharse a casa, y cagando leches. Frente a todo esto experimenta una mezcla de fascinación y de rechazo. El rechazo es más fuerte. Regresar cuanto antes a Roma, que ahora se le antoja una madre benigna, lejana, silenciosa y estúpida, perdida en la calima del verano. Se grita a sí misma todo el rato: Fuera-fuera-fuera-de-aquí. Pero se queda, atraída por algo que no sabe muy bien cómo definir. Bueno, sí que lo sabe: es la percepción del terror y la visión de la violencia, pues resulta raro verla, en lugar de en la ficción, en la verdad inenarrable de la realidad, cuando hiere y abre cabezas, ensangrienta rostros y provoca gritos, lamentos y blasfemias. En este momento, es como si los legítimos representantes de la violencia del Estado dijeran abiertamente: Podemos mataros. Por ahora no lo hacemos, pero *podemos* hacerlo y, sobre todo, *nos gustaría* hacerlo. Esta sangre sirve para que os quede claro que nosotros, un grupo humano organizado militarmente a quien el sistema ha delegado el monopolio de la fuerza, vamos a ejercerla del único modo que concebimos, el de la violencia. Nos estáis tocando los cojones y nosotros os lo hacemos pagar, cosa que nos proporciona placer físico: el ensañamiento en grupos de tres o cuatro, el golpe que profundiza en la carne durante un instante hasta que toca hueso y, bien rebota o lo destroza. Lo sentimos en la empuñadura, se transmite al brazo; nos da placer y pasamos a la siguiente tunda. En la realidad, el cuerpo humano es muchísimo más frágil que en la ficción: sangra enseguida; las caras se hinchan hasta lo indecible en pocos minutos; los huesos de los antebrazos, que la gente levanta para defenderse el rostro de los golpes, se rompen; los dientes saltan; el cuerpo se llena de abrasiones, de cortes, de hematomas y se desmaya, entra en coma, se queda inmóvil en el asfalto, muerto, mientras la sangre se drena del cuerpo, se esparce por el asfalto y termina pisoteada por los presentes.

Biba, que, al igual que muchos a su alrededor, ha oído los disparos, distintos y bien diferenciables de los demás ruidos, estallidos, chasquidos, chirridos, gritos y música a todo volumen, llega por casualidad a esa placita que, en condiciones normales, seguramente queda apartada y es de barrio –un espacio acogedor con tres extensiones triangulares de césped y árboles, y rodeado por bloques de pisos de seis o siete plantas, aparte de una iglesia grande y fea como tantas otras–, y encuentra un corrillo de maderos y de jóvenes, pálidos, que lloran y gritan ¡Asesinos! y que se tiran al suelo desesperados. El cuerpo del que dicen que es un chico español se entrevé entre las piernas de los carabineros, policías o lo que sean, despatarrado en el suelo entre los restos de la batalla, en medio de un charco de sangre llena de polvo. Se oyen voces de que no es el único, de que hay otros muertos.

Quieren matarnos a todos.

Van a dar un golpe de Estado.

Hay que organizarse para ofrecer una respuesta contundente.

Camaradas, permanezcamos unidos: esto es Chile.

Biba está ilesa, no siente ni rabia ni miedo, sólo está aturdida: nunca se ha sentido así. Le gustaría encontrar un rincón apartado y echarse a dormir en el suelo. Se sienta en la escalinata de la iglesia. En ese momento, todo parece haberse sumido en el silencio.

Muertos, no, piensa, muertos, no. Nada merece la vida de nadie, nada merece mi vida, nada merece nada; sólo merece la pena vivir; morir no es un acto político, no es más que morir… Morir por un impulso, por un accidente o por una chorrada, que siempre puede pasar, lo entiendo, pero morir asesinado así en la calle a manos de un madero de mierda, no, no significa nada... Son niños contra niños; yo tengo veintinueve años... También hay gente mayor, es cierto, y también la están apaleando, pero en general son veinteañeros, por una parte y por la otra... ¿Qué pinto yo aquí? Sólo había venido a ver qué se cocía y ahora me encuentro con que hay un chaval muerto... ¿Quién soy? ¿Qué derecho tengo a estar aquí? ¿Puedo afirmar que soy antiglobalización? No lo sé. No sé si soy antagonista, no sé si soy comunista o anarquista, no sé si soy una anti-TAV o una liliputiense, no creo ser budista ni alternativa al sistema, al que sea; no quiero que me peguen, que me pateen, que me apaleen, que me maten; no tengo nada que ver, quiero decir, a lo mejor sí, pero de refilón; estoy aquí porque iba al Mamiani... Si has ido al instituto, desarrollas una sensibilidad a determinados temas, a determinadas causas; eres capaz de oír longitudes de onda que los demás no perciben, pero no puedes ser antiglobalización en serio, únicamente lo eres con tus privilegios de clase, nada del otro mundo, aunque privilegios al fin y al cabo, y ahí te quedas toda la vida o, al menos, en lo que a mí respecta, es donde yo quiero quedarme. No volveré a hacer este tipo de gilipolleces; no volveré a ir a ver morir a chavales en la calle; no quiero vivir otra vez la sensación de antes, cuando vi que le abrían la cabeza a unas personas agazapadas en el suelo a las que estaban moliendo a palos y sentí algo... algo parecido al placer, algo casi sexual... Infligir dolor, padecer dolor... No se lo puedo contar a nadie. Aquí se acaba todo, los juegos de antes, las bromas; las bromas se han terminado; hay que sacar partido al hecho de estar vivos, hacer algo, no robar, ayudar dentro de nuestras posibilidades, pero sin robar; lo demás son gilipolleces. No podemos detener lo que está ocurriendo a escala mundial; harán lo que sea para aumentar sus beneficios..., como siempre han hecho, como siempre harán. Hasta que alguien, no sé en qué futuro lejano, los lleve al paredón y les dé su merecido de una vez por todas. Yo lo haría. Ahora y siempre, dios, dios, dios... Matarlos a todos, a ellos y a sus hijos, quemar sus casas, sus fábricas, sus coches, sus villas en Cerdeña, sus yates de veinte metros, todo en llamas, todos crucificados por las carreteras hasta llegar a Roma, como en la película de Kubrick...

En este momento a Biba, al igual que a cualquiera, le resulta difícil poner en orden los acontecimientos, dar sentido a lo que ha visto y vivido, a lo que ha leído en los ojos de los demás, tanto manifestantes como policías, a lo que ha visto en los rostros, protegidos por una pantalla, de los carabineros, diez años más jóvenes que ella, asesinos en potencia, como todos, cabreados, asustados, desorientados, excitados, animalizados, como algunos de sus adversarios, pero, al contrario que éstos, *legitimados* a estarlo, *amparados* por el Estado en sus acciones, primero, de contención y, luego, de masacre. Lo que se suponía que sería un escarmiento simbólico, una amonestación a primera sangre, se ha convertido en otra cosa que Biba no termina de entender, aunque no haya huido y se haya quedado allí, en esa parte de la ciudad encajonada entre las vías del tren y piazza Alimonda donde –como se sabrá por la noche– no ha muerto un chaval español, sino Carlo Giuliani, de Génova, que bajo los pantalones lleva un bañador porque lo más probable es que tuviera pensado ir a bañarse a la playa, pero pensó que quizá era más bonito, más interesante, tal vez más divertido, incluso más justo, participar en los enfrentamientos. Son cosas que, si bien tal vez (o tal vez no) sabemos al cabo de veinte años, ignoramos por completo en ese momento. Se desconoce incluso el nombre de quien lo ha matado y la «dinámica de los acontecimientos». Oficialmente no se sabe siquiera si ha muerto de una pedrada o de un balazo, aunque basta con ver el cadáver, tirado en el suelo, para obtener una respuesta inmediata a esa pregunta. Más adelante, aunque seguirán quedando vastas lagunas, las piezas empezarán a encajar: aparecerán autopsias, imágenes, testimonios, juicios, condenas/absoluciones de primer, segundo y tercer grado; el sistema tardará décadas en digerir los hechos y los irá disolviendo muy lentamente en los jugos gástricos del tiempo hasta diluirlos y volverlos inocuos. Pero, de momento, Biba, sentada en los escalones, llora confusa con la cabeza entre los brazos. Sus lágrimas caen a grandes goterones, se expanden y enseguida empiezan a evaporarse con el calor de la tarde.

Mientras tanto, el tumulto, las palizas, los gases lacrimógenos, los lanzamientos de adoquines, la rotura de escaparates y los incendios de coches han cesado de golpe. Los manifestantes regresan a las bases de donde partieron, remontan el recorrido hacia el estadio Carlini; Biba llama a Tiziana, pero no consigue hablar con ella. Entonces le escribe un mensaje diciendo algo así como: *Vuelvo al Carlini, luego no sé qué haré. A lo mejor me voy. Aquí hay un chico muerto tirado en la calle. No puedo con esto. Nos vemos en el Carlini; si no, adiós.* Regresa despacio sobre sus pasos por calles y callejuelas, sigue la marea humana, no mira el mapa, no habla, le molesta oír a su alrededor a sus camaradas expresando un estado de consternación similar al suyo; preferiría que fueran distintos y más contundentes, que fueran personas con las que contar, que sirvieran de apoyo, gente que, llegado el caso, la protegiera.

Aunque no completamente lúcida, Biba está volviendo bastante en sí, y piensa: ¿Y por qué iban a ser diferentes a mí? Como si un enfrentamiento de este tipo, con todos esos heridos y arrestados, además del muerto, fuera algo que pasa todos los días y a lo que deberíamos estar acostumbrados... Es cierto que la posibilidad de sufrir un percance siempre está ahí, repta a nuestros pies como una serpiente y, de vez en cuando, ataca y nos muerde, pero eso no basta para prepararnos para esto, para un Estado que, si no nos quiere matar, poco le falta, y para unos maderos, en su mayoría chavales con las pupilas dilatadas –alguno decía que iban hasta las cejas–, que llevan una pistola enfundada y pueden dispararte, pueden dispararte a *ti*, que estás ahí tan tranquilo –y que sólo quieres manifestarte, ondear banderas y gritar eslóganes–, y *quitarte la vida*. Pueden hacerlo. *Pueden hacerlo*.

Entonces Biba dice en voz alta: Lo han matado porque pueden. Hoy se dan las condiciones políticas que se lo permiten. Y lo han hecho.

Es una declaración puramente cognitiva. Se la ha oído en piazza Alimonda a un grupito de camaradas horrorizados que estaban tratando de razonar para saber qué hacer, qué decirse. Hay quien oye esta declaración, la procesa y la vuelve a lanzar mientras diversos grupos compactos de jóvenes humanos se dirigen de vuelta al estadio. Pronto haremos una asamblea; ahora, calma, reposo, bebed, hidrataos.

El estadio Carlini es un desvarío de rabia, miedo, consternación, dolor, incredulidad, desilusión, odio y deseo de venganza y combate, orgullo, revancha, ganas de quedarse, es decir, de estar allí al día siguiente cuando se celebren manifestaciones aún más grandes, y ganas de marcharse a casa de inmediato, antes de que los maten a todos. Parece que la mayoría quiere quedarse a pesar de lo ocurrido, mejor dicho, justo por lo que ha ocurrido: Si huimos ahora, el movimiento está muerto, dicen. Aún no saben que el movimiento, como posible ente político internacional de oposición al capitalismo global, está muerto de todos modos. Es uno de esos casos en los que algunos de los presentes creen que los actos que lleven a cabo en ese momento serán capaces de influir y modificar en algún sentido el inexorable curso de las cosas que las fuerzas dominantes, sean quienes sean y quieran lo que quieran, han establecido. A medida que la exaltación causada por la adrenalina disminuye y que el cansancio aumenta, el debate se debilita y se apaga. Muchos se quedarán.

Biba está convencida de que hay que estar allí al día siguiente. Muy bien, me habéis convencido; hay que quedarse y manifestarse mañana también: marcharse ahora significa darse por vencido. Mira a su alrededor en busca de un pedazo de césped donde extender su fino saco de dormir veraniego y, al mismo tiempo, piensa: Pero hacedlo vosotros...

Además, no hay sitio para dormir y esto no es para mí. Hacedlo vosotros si queréis, salid mañana a las calles a enfrentaros a los carabineros y a la policía. Las piernas le tiemblan cuando vuelve a meter el saco en la mochila y se la engancha al hombro; se dirige entonces hacia la salida del estadio y luego hacia la estación más cercana que aparece en el mapa, donde finalmente se sienta en un banco, de espaldas a la ciudad y al mar, a la espera de un tren nocturno que la lleve a Roma en cinco o seis horas, seguramente más. Llama a Tiziana, le salta el buzón de voz, deja un mensaje, le dice dónde está. El tren con destino a Roma sale a las once y pico; si tú también has decidido marcharte, podemos hacer el viaje juntas. Tiziana no irá a la estación y jamás responderá a su mensaje; no volverán a verse, a no ser que se topen por casualidad por la calle o en el cine, y ambas fingirán no haberse visto. El tren tiene compartimentos, va medio vacío, huele a escay, a metal recalentado y a herrumbre húmeda; no tiene aire acondicionado, como ocurre en los trenes de ese tipo. Biba sube y se encierra en un compartimento con una botella de agua. Abre la ventanilla del todo; el mar discurre a su derecha mientras el tren se despliega a lo largo de la línea tirrena. Es un mar lleno de luces.

BIBA Y GEF

Vale, querías ir porque eres estúpida, una gilipollas del norte de Roma que *va a ver*, no a participar, sólo *a ver*, a mirar y punto, y a salir luego por patas porque no soportabas ver tantas cabezas abiertas, la sangre en el suelo, aquella sangre que caía a goterones en el asfalto y que ya estaba seca y negra cuando volvías a pasar, que se desconchaba cuando la pisabas…, piensa Biba, tumbada en la terraza de Enzo. Sangre espesa, que salía de las cabezas y corría por las lívidas caras blancas de los camaradas, que empapaba camisetas ya empapadas en sudor, camaradas hombres y mujeres que lloraban… Aquéllos a los que cogieron y a los que pegaron y a los que, una vez abierta la cabeza, metieron en los furgones… Aquéllos del suelo, por dios, que trataban de protegerse la cabeza con las manos y el estómago con las piernas encogidas, y a los que pateaban en la espalda, en la cara… Un puntapié bien dado con una bota militar en la cara para romperte la nariz y los dientes, para partirte las cejas… El cuerpo humano no puede protegerse de un ataque desde todos los frentes. Esperad, no me lo matéis todavía, ya voy. El carabinero, con su nueva porra larga, lista para ser probada, acude para unirse a la paliza. Se tiraban sobre los chavales que estaban en el suelo, cabreados, poseídos… Los has visto, has sido testigo igual que miles de otras personas, antiglobalización, budistas, anti-TAV, batas blancas, antagonistas en general, miembros de Cobas, sindicalistas y un millar de otras siglas, gente que estaba allí y a la que nunca llamarán para prestar declaración en un juicio por violencia y por abuso de todo, un juicio que nunca se celebrará, que no se ha celebrado en los cientos de ocasiones anteriores en los que el hombre de uniforme ha revelado la naturaleza sádica de su especie. Sí, sí, es así: sentir placer provocando dolor, sometiendo. Apuesto a que, mientras lo hacían, se les ponía dura... O a lo mejor no, a lo mejor se les encogía por el miedo y la adrenalina. Pero iban hasta las cejas, decían los camaradas. Tenían la mirada de quienes van hasta arriba, de lo contrario no se explica la saña, decían. Yo te lo explico: es algo sexual. No se lo contaré a nadie, pero puedo pensarlo; pensar no está prohibido... Era algo sexual, en un sentido muy parcial, pero muy potente... O sea, para ti, estúpida, asquerosa y pervertida, lo era mirar... Los maderos del uniforme blindado de color negro se estremecían de placer, de cansancio, de miedo, por el ácido natural que les corría por las venas, yo qué sé, son cosas que no se me escapan. Emanaban cierto olor. El que se me acercó temblaba, le temblaban las manos; todos temblaban, yo temblaba... A lo mejor el bloque negro no temblaba. Parecían estar divirtiéndose: sabían cómo moverse; lo rompían todo; actuaban con lentitud, con frialdad; parecían aburridos... No se enfrentaban directamente a los maderos: como los banderilleros, como los picadores, cabreaban al toro y, cuando éste arremetía, ellos se echaban a un lado. Es su manera de manifestarse: romperlo todo y largarse. Provocadores, decían. Y también infiltrados, eso seguro, como los autocares de los sindicatos Cobas, como los del estadio Carlini, como los doscientos o trescientos mil que estaban allí. Todo se mancilla. Mira a Filippo, que no hace ni por esconder su erección matutina... Tiene mala cara; sé que trasnocharon.

Hola, sí, me ha abierto Giacomo, que tenía la misma mala cara que tú; he venido en tren. Llevo aquí un rato. Has bebido, ¿no? Sí, me gustaría darme un baño... No me he traído ni el bañador. A lo mejor hay alguno de Sara por aquí. ¿Los demás están durmiendo? Vale, hasta luego.

Fili sólo se ha levantado para orinar. Los tres se quedarán durmiendo la mona hasta tarde. Ahora, a la ducha; luego, ya veremos. Lo importante es estar *aquí* y no *allí*. No estar más allí, estar aquí con *ellos*, con ellos en esta terraza inmensa, donde prácticamente me he criado, con estas baldosas de barro, este color rojo; me gustan. Las macetas también me gustan, y las suculentas, y las plantas secas, y las gaviotas enormes. Han puesto pinchos antipalomas; así las gaviotas no pueden anidar. A los pájaros que viven por encima de nosotros, junto a nosotros, que se comen nuestros desperdicios y que hasta nos ignoran, parece que les trae sin cuidado de dónde venimos o qué somos: no tienen la menor intención de entrar en contacto con nosotros. Somos criaturas terrenales; ellos son pájaros. Guardan las distancias, van a lo suyo, son un mundo dentro del mundo, bueno por encima del mundo. No podemos tocarlos ni acariciarlos; huyen, guardan las distancias. Estúpidos. A lo mejor esto no se aplica a los patos, las gallinas y los pavos. Con ellos sí se puede tener una relación, o eso dicen. En realidad, están jodidos: los criamos y luego nos los comemos. No sé, me gustan, me gustan los pájaros. Ducha, ducha, ducha. Ahora está Filippo; cuando salga, voy yo.

Fili, qué gusto mirarlo: tan guapo, despreocupado, amoroso, indulgente, apacible, irónico, pacífico..., tan hermético, tan extraño; nunca sabes lo que piensa, ni siquiera *si* piensa, pues nunca te da su opinión, siempre con sus frases irónicas; le importa todo un pimiento. En el instituto no se metía en política, nunca hablaba de ella, pero siempre la tenía presente. Le interesaban los aspectos prácticos de una manifestación, de una ocupación, de una asamblea: carteles, pinturas, micrófonos, logística, palos, meterles leña a los fachas; siempre tranquilo, silencioso, guapísimo... Si tuviera que escoger a un único hombre con el que quedarme sola en la Tierra, elegiría a Filippo: folla bien, siempre sabe dónde meter las manos, la lengua, la polla, parece saber qué me apetece hacer antes que yo. No creo que disfrute azotándome, pero, cuando se lo pido, lo hace. Se ha vuelto bueno en eso de atarme: no me deja marcas por Giacomo, pero me gustaría que lo hiciera. A Giacomo de vez en cuando le hago daño, pero él sabe que me gusta violentarlo y ahí sigue. Ninguno de ellos es tan perverso como yo. Son sólo un poco sadomaso, un poco maricas, no sé. Son tíos normales; si no los guiara yo, lo harían normal. Enzo, no, a Enzo lo tengo para hacer el amor de verdad, si es que semejante cosa existe. Es cierto que a veces también le damos duro. A mí me gusta y a él también, pero no le mueve el sexo en exclusiva; necesita una relación mental, debe enamorarse, de lo contrario no puede ni empezar. He tardado tiempo en comprenderlo. Me gusta, pero no sé, no es suficiente. Lo quiero como quiero a los demás, creo que siempre los querré: son mi familia. Ellos no son los únicos, pero con ellos llevo ya años. No sé qué harían si supieran los unos de los otros. A lo mejor lo saben; a lo mejor siempre lo han sabido. ¿A quién le importa? El mundo es horrible; ellos, no. Bueno, creo que no. Los conozco desde hace un montón de tiempo. Tienen sus defectos, como todos, pero no son horribles como los demás. Espero que no lo sean. Por favor, no lo seáis nunca, no crezcáis nunca, no dejéis de ser como sois, no rompáis nunca esta amistad, por favor, por favor... Siempre es así: ellos se mueven juntos; yo los alcanzo. O vienen a cenar a casa de Giacomo. Traen a chicas, es divertido. Bueno, Filippo muy rara vez lo hace;

Enzo, sin embargo, con más frecuencia. Fili es el que más liga, pero rara vez va en serio con alguien. Suelen ser simpáticas: chavalitas espabiladas, aunque también las hay tontas y, de vez en cuando, feas o, en contados casos, categoría *putón verbenero*, mis favoritas. Es un estar juntos continuo, dulce, relajado, tolerante, si bien en el fondo está cargado de tensión, con celos y resentimientos, con un poco de envidia. El dominio intelectual de Giacomo: algo ficticio; él no es el más inteligente (no sé quién de los tres lo es), sólo el más instruido y formado para pensar; sabe organizar los conceptos. Tampoco se pavonea mucho. Los otros lo escuchan. El único que vale de verdad es Filippo...

Biba se levanta y va al baño; abre el grifo de la ducha, regula la temperatura, la pone templada y se queda un buen rato bajo el chorro de agua. Ha cogido la toalla de la mochila, hace amago de secarse, pero se lo piensa mejor y sale desnuda y mojada a la terraza, coloca la toalla en la tumbona y se tiende al sol boca arriba. Un muro alto y un separador de cañas la escudan por dos lados de las miradas de las casas vecinas. Los otros dos lados son la casa y el mar, en el que la mirada se pierde a lo lejos, en la calima de julio.

Es temprano y hace poco viento; es la hora en la que la brisa terral se extingue y la del mar todavía vacila. No hay veleros. Sólo alguna que otra fueraborda y un par de hidropedales frente a la playa, más allá de los clubes náuticos. Del puerto llega el runrún del motor de un barco pesquero; el humo del escape asciende hasta allí. Es un olor que no le disgusta. Se fuma un cigarrillo. Se coloca a la sombra de la pared y se vuelve a tender en la tumbona con la cabeza apoyada en el antebrazo. Tiene la sensación de que esa casa y GEF la protegen, de que allí ningún policía va a partirle la cabeza. Está cansada, pero todas las camas de la casa están ocupadas. Podría echarse al lado de Giacomo, pero éste duerme en una cama individual en la misma habitación que Filippo. No le apetece. Se queda allí tumbada; todavía no hace calor, se está levantando un poco de brisa ligera, fresca.

Ella, al igual que GEF y muchos de sus coetáneos, también va en busca de firmeza-estabilidad-duración, pero es incapaz de reconocerlo. Hasta hace poco tiempo, el futuro se le presentaba como un abanico infinito de posibilidades. Aún hoy, a pesar de haber «encarrilado su vida», como suele decirse, valiéndose de los privilegios de clase media con los que nació y se crio, necesita pensar que sigue siendo así, que para ella no se ha cerrado del todo ninguna puerta, aunque la mayoría de las decisiones de peso, subyacentes a las livianas, ya las ha tomado. La relación a tres bandas con GEF servía para confirmarle que aún contaba con cierto grado de libertad. Pero ya no está del todo segura de que siga siendo así.

Parecen hombres, pero son críos. Son tiernos, más o menos tiernos, más o menos adultos, más o menos inteligentes, más o menos graciosos –cuando están juntos me hacen reír mucho–, más o menos agradables, más o menos limpios, tienen más o menos pelo, formas distintas de hacer el amor y pollas muy diferentes. Sus alientos son distintos; sus pieles tienen un olor diferente, más o menos agradable, pero los acepto tal y como son, como si fueran un paquete indivisible, como si uno implicara y completara al otro, y yo fuera indispensable para la estabilidad de los tres: sin mí su amistad se desintegraría, terminaría el instituto, terminaría la complicidad, la tolerancia, la fraternidad… Siempre y cuando no sean sólo fachada… Pero ¿qué dices? Claro que no lo son. Es la primera vez que pienso esto. Estoy cansada, me gusta estar aquí desnuda, me gusta que ellos me vean desnuda. Es algo íntimo, ellos lo saben. Por primera vez he pensado que lo que hay entre nosotros –y entre ellos– se va a acabar, debe acabar; lo hemos prolongado demasiado tiempo. Ninguno de ellos se quedará en mi vida. Me gustan los tres, me gusta que me deseen, me gusta esta competición secreta que existe entre ellos, los «que te den» tácitos para no parecer celosos. Pronto todo esto explotará. La primera a la que joderá es a mí. Será horrible, pero sucederá. Lo hará hasta Giacomo: parece el más devoto y sumiso, pero lo hará, sin duda, aun sin saber lo que me traigo entre manos con Enzo y Filippo. Pronto ninguno de ellos será ya Mamiani; bueno, seguirán siéndolo de por vida: es una marca; yo también la tengo. La cuestión es que ya no querrán serlo. A mí ya me está pasando: a veces me entran náuseas; a veces, cuando bromean, se ríen y se cachondean los unos de los otros, me hace gracia, pero también me entra un poco de náusea, como cuando comes siempre el mismo plato o cuando comes de más; está bueno, pero demasiado; te gusta, pero estás harta. Estás hasta el moño, quieres cambiar, dejarlos ir. Soy yo la que hace que sigan unidos; de lo contrario, ya habría saltado todo por los aires. En definitiva, se ha acabado. Las cosas acaban, no se sabe bien por qué. Giacomo habla de *entropía*: si lo he entendido bien, es cuando la energía presente en algo se agota y ese algo muere. Giacomo dice que «se vuelve un huevo duro». Al final, las cosas se vuelven huevos duros, ya no evolucionan, no cambian..., si es que lo he entendido bien. Pronto GEF será como un huevo duro: harinoso, rancio, indigesto. Giacomo es inteligente y me enseña a pensar, pero –pero, pero, pero– no es suficiente, no me basta, no me bastan; a lo mejor es que ya no me hacen falta. No sería difícil dejar a Giacomo, pero entonces tendría que desahuciar al inquilino de Monti, verme con setecientas cincuenta mil liras menos al mes. O bien irme a vivir con Filippo, pero ¿accedería él? No lo creo. Es más difícil dejar a Enzo, y aún más difícil, imposible, inconcebible, dejar de follar con Filippo. El dueño del bufete me tira los tejos, aunque no es el único: todos lo hacen. A ver, casi todos, pero ¿cuánto tiempo más gustaré a los hombres? ¿Diez años? ¿Quince años? Vale y, mientras tanto, ¿qué hago? ¿Me los follo a todos por curiosidad? ¿Y para qué? ¿Qué tiene el follar que me gusta tanto, que me hace superar fácilmente ciertas repulsiones? Se llama *libido*, dice Giacomo, y se ríe y añade: Es una burbuja de lascivia general que nos envuelve a todos, se ve que hasta los sesenta y cinco años o más, es decir, hasta mucho después de servir para la reproducción. Crea tensiones tremendas, rupturas, provoca delitos... Bueno, vale, lo que es, es, las cosas son como son. A ver, estas cosas, o puede que todas las cosas, incluidas la política, la globalización, los fascistas, los policías, los asesinos, los antiglobalización, el racismo, la explotación, el dominio, el imperialismo, el neocolonialismo, las tropelías, los abogados, las sillas, las cafeteras, etcétera. Las cosas son como son: no se pueden cambiar y forman un todo con el sexo. Y te digo más: *es* sexo y no tiene sentido. Nada tiene sentido, salvo estar aquí desnuda, limpia y seca, a la sombra de la pared de una terraza en el verano de 2001. ¿Si Jesús de Nazaret hubiera nacido un año después sería el verano del 2000? O sea, ¿del año pasado? Los siglos no existen y tampoco los años. Los días, en cambio, sí. A ver, los años, también, pero tú puedes hacer que un giro completo comience en el momento que quieras.

Y entonces se sume en un sueño profundo y maravilloso mientras la brisa sopla y le acaricia suavemente la espalda.

Hacia mediodía, por entre las persianas entornadas, aparece Giacomo con Filippo a la zaga, que dice: Me ha parecido ver a una tía buena.

Giacomo dice con frialdad: Voy a preparar café. ¿Quieres?

Hazme tres litros, por favor. Me quedo aquí a hacerle compañía a esta señorita desnuda, contesta Filippo, y se echa en una hamaca al lado de ella.

Biba se ha despertado, se ha quitado la toalla de debajo, se ha levantado, se la ha enrollado por el cuerpo y, sujetándosela al pecho, se ha vuelto a sentar en la tumbona. Ha habido un momento de pudor, casi de vergüenza. El hecho de que los tres varones presentes en la casa se fijen al detalle en su cuerpo acentúa su malestar en lugar de disminuirlo.

Un café para mí también, dice Biba haciendo caso omiso de la ironía de Filippo. Inocua, sí, pero no para ella, que, si estuvieran a solas, se le entregaría allí mismo: la desnudez, el sueño, el calor y, sobre todo, el cansancio la han excitado. Sin embargo, se le pasa rápido. Se levanta, va al baño, vuelve a meterse bajo la ducha, se seca y se pone la muda que se llevó a Génova: bragas, pantalones cortos, camiseta, chanclas.

Biba conoce el olor de esa casa de playa en cuanto abre la puerta de la calle, la penumbra del dormitorio durante las tardes noche invernales, las escapadas improvisadas desde Roma, los bocadillos comprados en la estación cuando no tiene ganas de conducir. Ese olor hostil, indescriptible, como de tumba egipcia, pide que no se perturben los sueños invernales de esas habitaciones y, de repente, ventanas abiertas para ventilar un poco, aunque sólo aquellas que dan a la terraza, invisibles desde la calle, y vueltas a cerrar poco después; lo que cuesta hacer el amor; las sábanas llevadas desde Roma y volver a vestir la cama; las espirales incandescentes de la estufa, que, muda, observa la escena; el permanecer abrazados luego para calentarse, el sueño, los retornos en coche en plena madrugada, el resplandor amarillento del cielo de la ciudad al fondo de la autopista...

Mobiliario típico de las segundas residencias: mesas, sillas, aparador, cocina, cada mueble «en sí mismo y por sí mismo», como dijo una vez Giacomo, cada uno con su estilo, de factura más o menos buena. El resultado es básico, modesto, reconfortante. En las paredes, los cuadritos al óleo del tío de Enzo, muerto hace ya tiempo, en el estilo internacional posimpresionista que domina el arte *amateur* del siglo XX: colores bonitos, pinceladas perfectas. Biba siente afecto y respeto por la casa de sus encuentros clandestinos. Puede decir que conoce el contenido del último de sus cajones. Alguna que otra vez se le ha olvidado algo en el baño o en el cuarto, algo que Sara ha notado y utilizado para dedicar a su hermano algún comentario irónico: ¿No puedes decirme al menos quién es, visto que usa mi cepillo? Ni aunque me metieras astillas debajo de las uñas, le responde Enzo, para quien esto es un secreto sagrado. Filippo, por su parte, hace lo mismo. Biba obtiene todo lo que quiere de ellos, de los tres. Pero Enzo y Filippo, cada uno por su parte, saben que la menor sospecha lo haría saltar todo por los aires, que lo que hay entre ellos se quebraría como una nuez bajo una apisonadora. O a lo mejor no; a lo mejor continuarían siendo amigos, aunque ya no sería lo mismo.

Sale del baño; el café está listo y siente que lo único que ese momento de su vida necesita para que sea perfecto es una tacita de café moka hirviendo. Sin embargo, el recuerdo reciente de Génova se reaviva, duro, ácido, frío, insuperable. Y, sobre todo, *real*, de esa realidad propia de las cosas vistas y vividas en primera persona y que, por tanto, resulta imposible relatar del todo. Y, aunque lo fuera, siempre podría haber alguien que hubiera estado allí al lado, a medio metro de ti, y que hubiera visto y vivido algo muy distinto, y esa persona también estaría convencida legítimamente, como lo estás tú, de que eso fue lo que ocurrió, de que ésa es la realidad. Por ahora Biba no quiere contar nada, no quiere ni decir que estuvo allí el día anterior. Sabe que hoy en Génova están programadas varias manifestaciones masivas y que muchos de los camaradas a los que vio en los enfrentamientos de via Tolemaide y las calles aledañas estarán presentes, algunos con la cabeza vendada, pero presentes. Ella, en cambio, no pudo soportarlo y se ha refugiado aquí, en la playa, con sus amigos, en un lugar de veraneo familiar.

Quedarse/no quedarse, ¿qué diferencia suponía? ¿Dónde residía la moralidad, si me quedaba? ¿En el valor de hacerlo? Vi un apaleamiento infinito de las masas, estuve a punto de presenciar la muerte de un chaval... ¿Debería haberme quedado? ¿Para hacer qué? ¿Para temblar de miedo? ¿Quedarme para que Tiziana me atiborrara de Xanax (tenía una bolsa llena) y que se me pasara la ansiedad con la *química*? Que sepas que la ansiedad *es* química, tú *eres* química, las emociones *son* química, dice Tiziana. Estaban ejerciendo el *monopolio de la fuerza* porque podían hacerlo, ¿entiendes? Con Berlusconi y Fini en el Gobierno *podían hacerlo*. Tal vez eso es lo único que saqué ayer en claro: que el apaleamiento, las cabezas abiertas y la matanza son parte del juego; en el G8 aprendí que para el Estado no soy una persona: soy un *cuerpo*. Lo habías estudiado en Filosofía del Derecho, pero esta vez lo has vivido en tus propias carnes. No fue una marcha estudiantil, como aquéllas en las que participabas en Roma, aquellas manifas en las que ocasionalmente había alguna cabeza rota. Si el poder no puede intervenir en tu mente –puede hacerlo, pero es algo que requiere tiempo y dinero–, interviene en tu cuerpo en tanto en cuanto provoca miedo, dolor, heridas y muerte. Si no pueden hacerte cambiar de idea (¿cuál fue exactamente la idea que me llevó hasta allí?), te hacen daño. Animales entre animales: podemos acariciarnos, lamernos, besarnos o bien pegarnos, partirnos la cara, matarnos, depende de las condiciones que te rodeen. Depende del contexto, decía en las asambleas el Ricci de turno. El G8 me ha dicho: cuerpo eres y cuerpo seguirás siendo. Me gusta ser un cuerpo, me gusta mucho, no deseo ser otra cosa. Enzo me dijo una vez que, después de leer un libro de la colección Urania, pasó un tiempo queriendo ser una esfera de cristal. Yo eso, no; pero ayer comprendí que, para el Estado, no sólo para Filippo, no soy más que un cuerpo. A lo mejor el carabinero que se me acercó habría querido hacerme el amor, pero allí no le quedaba otra que partirme la cabeza. No lo hizo: intuiría que no estoy en contra de la globalización, comprendería que no sé lo que es, aunque seguramente –seguramente– se trate de algo relacionado con el capitalismo, no con la gente, eso está claro. La mera mención de la palabra *capitalismo* reaviva en mí el residuo de un viejo antagonismo, toca el clítoris de mi falsa conciencia. A mí el capitalismo me ha criado e instruido como a una buena soldadita según la secuencia instituto-Interrail-universidad-carrera-marido-dos hijos-algún que otro amante-club náutico del Tíber-casa en Sabaudia-clínica privada-muerte. El club náutico del Tíber me da asco, pero veo que, antes o después, todos los del bufete se hacen socios: imitan al Jefe, el que me mira el culo. No sé si él me gusta, pero sí me gusta que me mire el culo. Para estas cosas soy tonta por defecto: adoro gustar a todo el mundo, en especial a quien no me gusta; es una forma de poder. ¡Oh, café! ¡Oh, una galletita!

¡Oh, gracias-gracias-Giacomo-eres-un-sol!, exclama Biba.

De nada, *beiba*. El café está un poco rancio, bueno, quien dice *un poco* dice *mucho*, seguro que te da grima. Cuando cumplía el servicio civil aprendí a cogerle el gusto al café perruno. Era peor de lo que te puedas imaginar: zumo de limadura de hierro, pero me produjo dependencia. Un ujier del Archivo lo preparaba con una cafetera moka a primera hora de la mañana y te daba un latigazo en el alma. Por tanto, si es malo, que seguramente lo es, aprécialo igual. La galletita sí está buena. Antes he ido a la panadería de aquí abajo. Tienen hasta cruasanes. Debería haber comprado también el café, dice Giacomo, y piensa para sus adentros: pero qué bien hablo.

No está tan malo, pensaba que iba a estar peor, dice Biba.

La verdad es que no está mal; parece una infusión de pezuña de camello finamente triturada, dice Filippo. Esta casa es tan bonita que no te apetece salir. La playa hoy tiene que ser un infierno, incluso la de Poniente. Yo me quedaría aquí a la bartola. Luego podría comprar *pizzas*, *supplì* y cervezas, sigue diciendo. A la playa podemos ir no sé, a eso de las cinco. Bueno, a quien le apetezca.

En la despensa había café sin abrir, es decir, un paquete entero, dice Enzo despacio mientras sale a la terraza entornando los ojos ante la claridad del día. ¿Ha quedado algo? No, ¿verdad? Vale, me preparo uno. ¿Alguien más quiere?

Lleva puesto un bañador tipo bermuda, similar al de Giacomo y al de Filippo.

La moda de los tíos es muy aburrida, piensa Biba. Es rígida, permanece décadas inmóvil... Lo único que cambia es la anchura del pantalón: estrecho, ancho, de campana. A lo mejor les da miedo la originalidad, es decir, parecer maricas si se ponen algo inusual. Eso también vale para los bañadores, aunque menos, ahí toleran colores, estampados y flores.

A lo mejor son las mujeres las que no se fían de la originalidad. Es una cuestión darwiniana: la grisura equivale a pocos pájaros en la cabeza, a estabilidad y garantía de protección de la prole. Lo he leído en algún sitio... Qué calor, qué hambre.

Antes he oído hablar de *pizza* y de *supplì*, dice Biba alzando la voz.

Vale, ya voy, responde Filippo desde lejos, es decir, desde el rincón opuesto de la terraza, donde está examinando el contenido de una jardinera. Todas las plantas están secas a excepción de dos cactus. ¿Es que aquí nadie riega?, pregunta Filippo a nadie en particular.

No, nunca, le grita Enzo desde la ventana de la cocina. Aquí no venimos casi nunca.

Estáis como cabras, dice Biba.

Giacomo permanece callado, tumbado al sol en la hamaca con los ojos cerrados, recuperándose aún de la trasnochada en Lavinio. ¿Adónde iría ayer Biba?, piensa.

Mejor no pregunto, no quiero preguntarle nada: no forma parte de nuestros pactos. Sí, nuestros pactos. Cuando se está conviviendo con alguien, no deberían hacerse pactos. Hay reglas implícitas, al menos para mí. En fin, creo que las hay. No estamos en los años sesenta, cuando existía el amor libre... El amor no es libre: es un vínculo por el que no se ponen los cuernos... Pero Biba y yo tenemos pactos preliminares de convivencia: no preguntar nunca, no tocar jamás los cojones. O sea, libertad absoluta para poner los cuernos. Debería valer también para mí, pero yo no estoy interesado: sólo quiero a Biba, follarme a todo lo que se mueve no es lo mío. Además, no me quiere nadie: soy feo, aburrido y tengo sobrepeso. Biba, en cambio, es un pibón, por tanto, los pactos únicamente le benefician a ella. Me da igual: lo único que me importa es que estemos juntos, que hagamos el amor como a ella le gusta y de cualquier otra manera; sólo tiene que pedírmelo: estar con la cara entre sus muslos y todo eso... Biba... Dios, Biba...

Tiene una erección, así que se pone boca abajo para disimularla. Al hacerlo, el pene se le queda aplastado entre la barriga y el tejido sintético de la hamaca. Esto le proporciona placer. La polla dura le hace sentir vivo, que puede prescindir de todo, incluso de Biba.

Polla dura en sí misma y por sí misma, un evento natural, bíblico. Me ocurría ya antes de conocer a Biba. No depende de ella; tiene que ver con mi pertenencia al género masculino de la especie humana. ¡Oh, sagrada polla dura, único milagro que garantiza mi virilidad! ¡Mi condena, mi deber, mi identidad! En los momentos cruciales de contacto con las mujeres, se espera que estés ahí. ¡Oh, tú, sagrada polla dura, milagro implícito, fenómeno extraordinario! ¡Y, aun así, presupuesta, previsible, prevista, exigida, como la sangre de san Jenaro! La mayoría de las veces sólo me sirve de autoconfirmación de mi capacidad de aparearme y tal vez de reproducirme. Parece algo de lo más normal, pero no lo es. O quizá sí, seguramente lo sea. Pero ahora debemos admitir que lo que somos no depende de nosotros. Diría más: *no somos nosotros*. Sólo somos una mezcolanza consistente en la genética de la especie, más el país, el territorio, la ciudad, el barrio, la familia en la que hemos nacido y nos hemos criado, y el instituto, el bar, los amigos y demás, pero sobre todo el instituto. Yo no soy responsable de nada, no se me puede atribuir nada. Soy un conglomerado de fenómenos, como ahora esta polla dura que debo disimular. Ya me pasaba con Lucia y con las demás; me pasaba en la secundaria con la nuca de Marchetti, sentada delante de mí. Me pasaba, y me pasa, sobre todo, con el porno de Internet. Son las erecciones y las *eiaculationes* más humillantes: las solitarias en nuestros cuartitos de los años ochenta. Enzo no está de acuerdo: dice que aquello era precioso; sostiene que el sexo virtual es el único sexo *verdadero* posible en la actualidad. De hecho, el único sexo verdadero es el de los cómics porno: ahí nadie simula nada, dice. Las mujeres dibujadas disfrutan de verdad. Creo que tiene razón, pero es su pasión por el diseño lo que lo lleva a una reflexión filosófica tan perspicaz. Únicamente me ponen cachondo de verdad cosas como Druuna, de Serpieri, dice. Para nada las *barbies* de Manara, asegura. El sexo sólo es verdadero cuando lo depuramos de su realidad. Enzo no lo dice así, pero, en esencia, es eso. Para Enzo y para mí el sexo es importante; para Filippo parece que lo es menos. Nadie sabe qué es importante para Filippo. Para nosotros él es una especie de maestro zen que habla poco y se da cuenta de todo. Folla más que un conejo, pero para él es fácil. Mi sacra erección proporciona sensaciones que no resultan fáciles de describir y, por lo tanto, no se le pueden contar a una mujer (siempre y cuando le interese, que no es el caso). Ni siquiera se les puede contar a los tíos. Sabemos de qué va, pero, en realidad, nunca hablamos del tema. En consecuencia, el deseo sexual –que ahora mismo se aplica y converge en Biba y nada más que en Biba– preexistía, es algo salvaje –prehistórico y desprovisto de sentido– que ha viajado en el tiempo de especie en especie. Su origen se remonta a cuando éramos peces e incluso antes, cuando nadábamos en las aguas poco profundas de los mares del Cámbrico. El sexo se sirve de mí: yo no soy el sexo y el sexo no soy yo. Por eso es tan bonito, tan absurdo, tan sórdido, tan bestial. Para los filósofos es como si no existiera. Pongamos por caso el sexo en Kant: ¿dónde está? No lo encuentras por ninguna parte. Y, sin embargo, es el principal motor de nuestras acciones y reacciones. ¿Que si quiero a Biba? La respuesta es Sí-Quiero-a-Biba. Me gusta todo en ella, da igual lo que sea, haga o diga. Por tanto, quiero a

Biba porque es Biba, no hay otro motivo. Preferiría que no me importara saber si me quiere o no, si está conmigo porque le gusto o bien porque la han desahuciado. Bueno, sí, me importa, ya está, lo he dicho, pero lo acepto; de ella lo acepto todo, aunque sé que me causará mucho dolor... Biba-hazme-lo-que-quieras. Hoy no quiero pensar en nada. Estoy con mi chica y con mis amigos en una terraza muy alta y mediterránea, junto al mar, en un mes de julio de principios de siglo, ¿qué más puedo pedir?

Los chavales de la fiesta de tu prima eran simpáticos, dice Enzo dirigiéndose a Giacomo.

¿Qué prima?, pregunta Biba.

Su prima Lavinia celebraba una fiesta en Lavinio, ¿sabes?

De cumpleaños, dice Giacomo.

Nos divertimos un montón, dice Filippo.

Tú, seguro, dice Enzo.

Aaah..., dice Filippo.

¿Por qué? ¿Qué pasó?, pregunta Biba.

Nada, ¿qué iba a pasar?, responde Filippo. ¿Tú crees que puede pasar algo en una fiesta de chavales en Lavinio? Mejor dicho, ¿ha pasado alguna vez algo en Lavinio, entendido como población? Yo sólo he visto un montón de chalecitos horrendos, callejuelas que se entrecruzaban, pinos oscuros en la noche, mosquitos, música mala, las típicas chavalas que van a la universidad, los típicos chavales ídem, los típicos temas, la típica cerveza, los típicos porros, los típicos balancines, las típicas hamacas, la típica noche húmeda de los pueblos costeros de por aquí, el típico exceso de alcohol, las típicas vomiteras por la carretera, la típica cabeza que te da vueltas en cuanto de tumbas, el típico calor del verano y los típicos liantes; la cena aquí en Anzio, en cambio, de lujo. No me acuerdo de lo que comimos, pero estaba bueno: casi treinta mil por barba.

Ya te digo, responde Enzo, quien, en cuanto el comentario sale de su boca, dándose cuenta de que Filippo no quiere hablar del polvo que echó con la tipa, tiene una especie de revelación: No quiere que *ella* lo sepa, de ahí que haya cambiado de tema y que hable tanto, él, que nunca habla. ¡Biba *también* se tira a Filippo, cagoendiós! Giacomo no lo sabe. Mejor que no se entere. ¡Lo sabía! Le había preguntado y ella siempre lo había negado.... Y con toda la razón: era asunto suyo, bueno, de ellos dos, bueno, nuestro, asunto mío. Me fastidia, es más: me jode; estoy muy cabreado. Hoy que la cosa estaba tan tranquila y que era tan bonita, tan marina e íntima, recibo este zambombazo en pleno pecho, cagoendiós... A lo mejor no son más que paranoias mías... Filippo nunca presume de ser un auténtico follador en serie, nunca habla de sus cosas, pero a lo mejor sólo se avergüenza de lo de anoche: un polvo en el baño siempre es un poco sórdido, sobre todo, si la puerta no se cierra con llave. ¡Sórdido los cojones! No es sórdido ni en broma, es vida *–¡es vida!–*, de ahí la reserva filippesca normal sobre sus asuntos. A saber dónde estuvo Biba ayer: se lo voy a preguntar directamente...

Biba, ¿al final ayer dónde terminaste?, le pregunta sin más.

Giacomo, sorprendido, se gira hacia él y lo mira como diciendo: Pero ¿qué pregunta es ésa?

Pero ¿qué pregunta es ésa?, dice Biba.

Vale, me estoy metiendo donde no me llaman, responde Enzo. No tienes que responder si no quieres.

Biba preferiría guardarse dentro lo que vivió en Génova, pero sabe que no lo conseguirá.

Las cosas hay que decirlas, piensa. A ver, algunas, hay que compartirlas... Lo que vi ayer debe saberse; necesito contarlo, tal vez no ahora mismo, tengo hambre, ahora no, tal vez luego.

Entonces, dice: Ya sé que no tengo que responder si no quiero, pero te lo voy a contar. Eso sí, tengo hambre. Si hacéis aparecer encima de esa mesa la *pizza*, los *supplì* y la cerveza de los que estabais hablando, os lo cuento. Es duro, así que necesito azúcar; si no, no puedo.

Giacomo, muy interesado, le dice a Filippo: Ya lo estás oyendo. ¿Por qué no haces lo que habías prometido?

No era una promesa, contesta Filippo, pero bajo y los compro. Dadme algo de dinero.

Se quedan los tres esperando a que Fili los alimente, unos tumbados al sol y otros no, en esos muchos metros cuadrados de baldosa roja de la enorme terraza, entre los chillidos desatinados de las gaviotas y el olor a calamares fritos que despiden los conductos de ventilación de los restaurantes vecinos. La brisa, decididamente de poniente, lo extiende sobre toda superficie. A Enzo le encanta ese olor: para él es el perfume del Mediterráneo, es el verano, es el olvido, es abandonarse a no hacer nada, mientras que para las visitas y para toda su familia no es más que tufo a fritanga.

El muelle y las primeras calles que dan al puerto están llenas de freidurías y de pizzerías donde sirven *pizzas* al corte –de las buenas, de las malas y de las del montón; Filippo sabe adónde ir–, además de heladerías, restaurantes, tiendecitas de recuerdos y cafeterías, así como un par de tenderetes donde se venden los billetes del barco y de los hidroplanos que llevan a Ponza, y alguna que otra tienda de ropa no exactamente estilosa, pero la falta de estilo es la norma en Anzio. En el borde de un tramo del muelle, aparecen cuatro o cinco gruesas plataformas acristaladas sostenidas por postes de hormigón, sumergidos en el agua y recubiertos de mejillones, que, poniendo de manifiesto el limitado aforo de los restaurantes situados al otro lado de la calle, cuentan con camareros que atraviesan la calzada portando platos humeantes entre los brazos sin que nadie se pregunte cómo ha sido posible que los del ayuntamiento, en su día, consintieran la construcción de esta aberración que en ese tramo oculta por completo la vista del muelle, única panorámica realmente interesante de este sitio.

Enzo se levanta, se apoya en la baranda, baja la vista, ve que Filippo vuelve con un par de bolsas de plástico en la mano y atisba las cubiertas negras de alquitrán de las plataformas en cuestión, que, invariablemente, provocan el malestar que en él produce lo feo, lo mal hecho, es decir, todo lo que no debería existir y que, en cambio, no sólo existe, sino que se obstina en hacerlo desde hace décadas, o sea, desde que él, un crío en brazos de su madre, se asomó por primera vez a esa baranda y notó, incluso a esa edad, lo fea que era aquella cosa negra.

¡Aligera!, dice.

El calor va en aumento conforme avanza el día; hay que trasladarse a la terraza cubierta y a la sombra que da al este, y poner allí, en la mesa redonda plegable que está rodeada de butaquitas de madera y tela, los platos, los vasos de plástico y las servilletas de papel, elementos permanentes en esta casa que, sin sus terrazas, en lugar de representar una tribuna que se asoma al mundo, no sería más que un apartamentito mal distribuido.

La *pizza* aún está caliente; el aceite rojo, impregnado de tomate, chorrea hasta los codos, desde donde gotea en la ropa, así que hay que doblar la porción con cuidado y luego darle bocados alternos en esquinas opuestas para evitar la gota: es una técnica que Enzo conoce bien y la explica con la boca llena; las servilletas se empapan; la *pizza* está deliciosa, los *supplì,* también, y la cerveza no es nada del otro mundo, pero está decente y helada. Hablan, ríen, mastican, rememoran la fiesta de Lavinio, guardan silencio acerca del premio que se llevó Filippo porque saben que él lo prefiere así. Pero Biba se ha coscado y está sufriendo, irritada y sorprendida por su propio sufrimiento. No se esperaba este ataque de celos. Sabe desde hace años que Fili es de los que va chingando con unas y con otras, que siempre lo ha hecho, que a ella no le debe nada, que a él no se le debe nada. Aun así...

Cuéntanos qué hiciste ayer, Biba. Si te apetece y si se puede contar, claro, dice Enzo con la boca llena.

Fastidiada por que la hayan puesto en el punto de mira justo en ese momento –sabe que *siempre* es el punto de mira cuando está con GEF, *siempre* se encuentra en el centro de ese antiguo triángulo amistoso que hoy, por primera vez, percibe un poco deteriorado, marchito y sin una verdadera razón de ser más allá de la amistad en sí, pero que, a pesar de todo, resulta perfecto justo por esa falta de un objetivo distinto del cultivo sin pretensiones de la mutua compañía–, en definitiva, molesta, dice: No me toques la moral.

Justo después añade: Vale, Enzo, perdona; te lo cuento: estuve en Génova, en el G8.

Y, antes de que ninguno de los tres abra la boca, empieza a contar su jornada con pelos y señales, al menos lo que recuerda, sea más o menos cierto, eso da lo mismo, pues sabe que la memoria deforma las cosas, sabe que las cosas suceden de tantas formas como observadores hay, aunque existe un núcleo duro de verdad, un hecho *ineludible*, un suceso central en torno al cual, como si fuera un agujero negro, gira la galaxia de lo acaecido. En este caso, el hecho ineludible es que han *matado* a un muchacho.

Me vine porque estaba aterrorizada y porque, ahora mismo, no existe una sola idea por la que merezca la pena correr el riesgo de que te maten, dice Biba. Creo que nunca la ha habido y creo que los héroes son unos idiotas que no tienen otra cosa más interesante que hacer en la vida. Y creo, además, que las víctimas no deberían haber estado allí donde se convirtieron en víctimas. Creo que lo único que importa es vivir porque, si estás muerto, como ese chaval, estás muerto y punto. Sencillamente dejas de existir. La vida seguirá adelante sin ti, el mundo no notará tu ausencia y la gente utilizará tu muerte con fines políticos, es normal; lo malo es que, al llegar el fin de semana, esa misma gente se irá a la playa a darse un baño, como nosotros. Tú no podrás hacerlo porque estarás muerto; aunque el universo continúe existiendo, tú seguirás muerto, mientras que nosotros viviremos unos años más, unos veranos más.

Cuando termina su relato son casi las cuatro de la tarde, se le han saltado las lágrimas y está agotada, así que se echa en una hamaca a la sombra y se duerme en el acto. Giacomo, Enzo y Filippo se quedan sentados fumando y contemplando el mar al otro lado del parapeto.

Mientras nosotros estábamos tonteando con las tías en Lavinio, ella fue adonde deberíamos haber ido todos, aunque fuera para... En fin, para protegerla. Es verdad que se las ha apañado muy bien ella solita, pero cagoendiós, allí te mataban a tiros y, cuando estaba en el baño, he oído en la radio que hoy parece que también se ha liado la de dios es cristo, dice Enzo en voz baja.

Bueno, por Biba habría ido, pero yo no soy antiglobalización, así que no es que *tuviera* que ir por fuerza, dice Filippo

¿Y qué eres?, le pregunta Giacomo.

Yo no soy nada, soy un tío que arregla bicicletas, responde Filippo, porque, a ver, ¿tú eres antiglobalización? ¿Eres de izquierdas?, añade. Yo soy de izquierdas en el sentido de que estudié en el Mamiani, es decir, en el sentido de que *soy del Mamiani*, única identidad en la que me reconozco antes que en cualquier otra, aunque no sé qué quiere decir. A ver soy de izquierdas porque quiero mucho a gente de izquierdas, es decir a tíos y tías también del Mamiani, como vosotros. De momento, es así; no descarto un cambio en el futuro.

Ten en cuenta que al Mamiani fuiste hace unos quince años o así, le dice entonces Giacomo. Venga, Filì, espabila. Ya no vas al instituto, y nosotros tampoco.

He dicho que *estudié allí* y que me marcó. Yo creo que es lo único que me ha marcado. Vosotros fuisteis a la universidad y os distanciasteis, pero yo, no; yo sigo ahí: Mamiani. Sé que suena ridículo, de hecho, os lo digo a vosotros y a nadie más, porque sólo vosotros podéis comprenderme, dice Filippo mirando al este, más allá del cabezón rubio y peludo de Giacomo. Pero veo que no me entendéis, así que, que os den. Yo no soy nada por pereza; a lo mejor porque me apetece no ser nada, es decir, no saber nada, no decir nada.

A ver, Fili, que Biba sólo nos ha contado lo que vio, no ha dicho: Pedazo de mamones, gilipollas, vosotros no estabais allí, replica Enzo. Ya no hay esa obligación de participar que había antes. Al menos así es como yo lo veo. No sé vosotros, pero yo… Me refiero a que, para mí, la globalización es más una promesa que una amenaza. Estar en contra puede considerarse identitario, puede considerarse antagonista, anticapitalista, pero, en realidad, ¿qué quiere decir? ¿Que en lugar de abrirnos al mundo debemos replegarnos? Hemos nacido en Italia, un país que ha puesto en el Gobierno al Mierda, es decir, a alguien que a todas luces no debería estar ahí, algo de lo que avergonzarse de por vida, ¿y, aun así, debemos estar en contra de las aperturas?

Es cierto que son cosas organizadas por el capital, pero ¿es que hay algo que no lo esté? Antes de perder el hilo del todo, quiero añadir: ¿merece la pena dejarse la piel, sentirse siempre ofendido o dejarse masacrar por esta panda de fascistas endemoniados con tal de ser antiglobalización?

No entiendo por qué no me dijo lo de que quería ir a Génova, salta Giacomo. A lo mejor no quería que me acoplara... Seguramente se lo habría pedido, aun a sabiendas de que era algo que quería hacer sola. Seguramente me habría dicho que no. En cualquier caso, no habría ido a la fiesta de mi prima porque, al compararme con ella, me habría sentido un auténtico gilipollas, justo como me siento ahora. La veo tan enardecida, tan cansada, tan asustada... Pero no puedo hacer nada porque no tengo ni idea de lo que ha vivido *de verdad*. En pocas palabras: *no estaba allí*. Estaba con vosotros haciendo el tonto.

Enzo y Filippo no responden con cosas del tipo: Ahora va a resultar que es culpa nuestra. No lo dicen porque ellos, llegados a este punto, también sienten que deberían haber estado allí, con ella.

Así se habría convertido en una salida en comandita; ella por una vez quería estar con su amiga de los Cobas, y con sus camaradas, esos que siguen creyendo, no como nosotros, que no somos nada, que vamos al encuentro de la nada..., piensa Enzo, quien, conmovido por un instante, se levanta y se apoya en la baranda de la terraza que se proyecta sobre el muelle Innocenziano y la gran extensión de agua del puerto, donde un velero de regreso al club vira de repente por culpa de la ráfaga del Sindaco, que en ese punto y a esa hora, con el Poniente, es una señora bocanada de viento.

Después de un tiempo x de sueño profundo, Biba se despierta con el cuello torcido, se levanta, se cambia a una tumbona y cierra los ojos.

¿Quiénes son estos tres? ¿Qué son para mí? ¿Qué son objetivamente?, como diría Tiziana. Para ella muchas cosas que *subjetivamente* parecen una cosa *objetivamente* son otra. Me refiero a ¿qué son en realidad, independientemente de lo que me parecen a mí, con mi mirada, velada por el afecto, la amistad carnal y la curiosidad sexual, es decir, por el *amor*, y viciado por ser de la misma edad, por haber ido al mismo instituto, por vivir en el mismo barrio, por ser de la misma clase social...? Somos pequeñoburgueses, como diría Tiziana. ¿Qué son? ¿Quiénes son? Buena pregunta. ¿Qué quiere decir *quiénes son*? ¿Y yo quién soy? ¿Podría decir que ante todo soy un pibón? Es algo real que compruebo a diario. ¿No es éste el modo en que nos valoramos continuamente? Todo comienza con un ¿Eres guapa? ¿Eres fea? ¿Eres un adefesio? ¿Un callo malayo? ¿Estás bueno? ¿Tienes un culo increíble? Dicen que eres tonto. Puede que sí, pero lo primero que pienso hacer contigo no es hablar. Eso también vale para las tías, aunque finjamos que no. Por tanto, si eliminas la política –es decir, la afiliación política como identidad, que el camarada del autocar decía que ha desaparecido–, si eliminamos eso y eliminamos lo que hacemos para ganarnos la vida, es decir, nuestras competencias, es decir lo que sabes/no sabes hacer, que, admitámoslo, todavía es poco, *¿qué somos exactamente?* ¿Nada? Esto es lo que piensa/no piensa Biba.

Y luego piensa: Conque ésas tuvimos anoche, ¿eh? A saber a quién te has tirado: a una chavalilla, a un callito, a una niña, a una zorrita, a una fulanita, a una estudiante un poco guarra, a una puta, a la madre de la prima de Giacomo, a la prima de Giacomo, a la sirvienta... ¿A quién te has follado, pedazo de gilipollas? ¿A una nutria? ¿Qué necesidad había? Lo habíamos hecho anteayer y había sido bonito, muy bonito, al menos para mí. Me habías atado, te había pedido que me pegaras y me pegaste... Sé que ese rollo no te va, pero el otro día lo hiciste todo bien, sin dejarme señales para que Giacomo no se diera cuenta; me sometiste como dios manda, como a mí me gusta. Pero da igual: no hay que hacerlo siempre así, hagámoslo como tú quieras; sólo quiero estar contigo, no con Giacomo ni con Enzo, se acabó, sólo contigo. No sé por qué, pero es así. Me gustaría *vivir* contigo, o al menos probar... Lo de ayer fue un golpe emocional tremendo: te reventaban la cabeza a porrazos y luego mataron a un chaval, y a saber qué más habrá ocurrido hoy. Te resbalabas con la sangre, nadie los detenía, tenían carta blanca... Me sentí como un animal en el matadero, una bestia a la que se le podía disparar impunemente en la cabeza. Los carabineros eran mucho más jóvenes que yo; tendrían unos veinte años, chavales que podían matarme... Vale, Génova me ha purgado de golpe, como una lavativa. Ayer, mientras subía corriendo por via Tolemaide, mientras torcía por las bocacalles, mientras permanecía allí inmóvil, mirando al chaval muerto ensangrentado... En medio de todo aquel horror estabas tú, estaba mi determinación a no dejarme matar y a volver a Roma para verte... De repente, eras mi único pensamiento, no sé por qué, pero era así, un pensamiento que ahora se ha convertido en una certeza: el *quererte sólo a ti.* Y tú, mientras tanto, como siempre, te estabas follando al primer putón verbenero que se te ponía a tiro. No me importa, de verdad que no me importa, no puede importarme, no es algo que me importe...

Hacia las seis de la tarde, Enzo, preocupado, dice: Si no salimos ahora a comprar de eso que vive en el mar, después de las siete y media o las ocho, no encontraremos nada. Bueno, encontraremos pulpitos aguachinados tirados en el fondo de las neveras que no se los comen ni los gatos. Así pues, Giacomo y él planifican una salida para ir en busca de lo que necesitan para preparar una pasta con almejas o un salteado de mejillones, o las dos cosas. Como en la casa no hay de nada, necesitarán también ajo, guindilla y perejil. Enzo y Giacomo, felices por haberse procurado un objetivo momentáneo en la vida y concentrados en el proyecto cena, salen a comprar también pan, mozzarella, vino o cerveza, aún no lo saben, o bien *pizza* blanca, o *pizza* roja, helado. Café para por la mañana. Leche. Cagoendiós, leche para por la mañana.

Después de pedirles dinero a Fili y a Biba, se marchan. Ligeros, cómplices, relajados a pesar de todo, a pesar de lo de Génova, de lo que saben poco, pero que ya ha despertado en ellos los reflejos automáticos de enjuiciamiento sobre el asunto, estilo policía fascista, policía asesina, que en este caso se revelarán de todo punto acertados durante los procesos celebrados en los años venideros: Policía Fascista, Policía Asesina. Con la fortaleza que les proporciona su prejuicio y acurrucados en el vago refugio de lo que es justo, construido en los tiempos en que dejaron de interesarse en la política, es decir, hace al menos diez años, se dirigen con calma a las tres o cuatro pescaderías del centro, algo que ambos adoran, Enzo más por el amor inexpresable que siente por las formas de vida marinas que por el gusto de comérselas, al contrario de Gastrogiacomo, como lo llama él.

A esta hora las pocas calles del barrio de los pescadores se llenan del aire fresco de poniente –mientras el sol bajo alarga las sombras, acaricia los desconchados enlucidos y revela sus eflorescencias de salitre– y de veraneantes semiachicharrados que van de pescadería en pescadería en busca de un gallo San Pedro, una cola de rape, una lubina, pero, sobre todo, mejillones, almejas, telinas, conchas finas, navajas, calamares, gambas, jibias, pulpos almizclados, en definitiva, todo aquello con lo que se puede preparar un plato de pasta, aunque también cigalas, las más caras, y las divinas gambas tigre, cuyo quitinoso olor a caparazón churruscado, que Giacomo adora, pronto invadirá esa lengua de ciudad asomada al mar.

Biba se queda dormitando en la tumbona. Filippo se asoma a la terraza, se le acerca y le acaricia la espalda y el interior de los muslos mientras le dice que se va a nadar.

¿Adónde?, le pregunta Biba.

Estaba pensando en ir hacia poniente, hoy que está tranquilo, a la playa que hay después del faro, a las grutas de Nerón, ¿sabes cuál te digo?

Sí, a lo mejor me acerco luego, dice Biba.

Filippo no responde, se mete una toalla bajo el brazo y se dispone a salir. Entonces se detiene y menciona algo de las llaves de la casa. Que sólo queda un juego y que se lo deja en el mueblecito de la entrada.

Vale, dice Biba. Y piensa que ella también saldrá y se acercará a la playa. Quiere decirle algo; no sabe el qué. Algo íntimo que le haga comprender su cercanía, si es que no es amor lo que siente repentinamente por él. Es como si Génova le hubiera desbloqueado y descalcificado los conductos emocionales, como si la hubiera recolocado en la vida en el mismo estado sólido de cuando era niña, antes de la sacudida de la que, a diferencia de tantas de sus amigas, aún no se había recuperado.

Muy bien, ya me he recuperado; me siento en condiciones de descubrir a grandes rasgos qué es lo que quiero. Por ejemplo, no morir. He comprendido, aunque siempre lo he sabido, que el heroísmo no existe, que no existen ideas o causas por las que valga la pena morir; he comprendido que debo disfrutar de los privilegios con los que nací y me he criado; he comprendido que no me los merezco, que lo mío no es más que suerte y, precisamente por eso, la respeto muchísimo y sé que no debo desperdiciarla, sino usarla para vivir bien, quizá avergonzándome, aunque sólo un poco, porque entes más fuertes que yo me han determinado. Lo único que puedo hacer es cambiar, cultivar una conciencia, pero sin exagerar; el resto lo determinará mi *esencia social* y demás, del mismo modo que tengo las tetas de una forma y no de otra. Debo abandonar, pues, cualquier aspiración a la hipótesis de un mundo distinto: el mundo no puede ser distinto; se contrata a gente que trabaja a brazo partido para que el mundo siga como está y que incluso empeore, gente que te revienta la cabeza, gente que termina disfrutando al ver tu sangre, gente armada que mata, que te mata porque en ese preciso momento estás delante de sus narices y porque estás haciendo algo que va en la dirección de lo No Consentido. ¿Por quién? Por ellos. ¿Ellos quiénes? *Ellos*. Decimos *Ellos* porque, si decimos, por ejemplo, *por el capital*, los demás, los que dan su consentimiento, nos miran llenos de compasión: ¿Todavía creéis en esas chorradas? Aceptan el sometimiento, la militancia en las filas del Capital; se han alistado en el ejército de la tropelía suave, como buenos soldaditos, pero sólo cuando es suave. Lo mismo estamos haciendo nosotros alegremente. De momento, sólo Filippo se ha desvinculado y, de momento, nos parece un héroe, aunque, dentro de diez años, como continúe dedicándose a arreglar bicicletas, será un fracasado, alguien que no ha conseguido utilizar los privilegios con los que nació. Ahora sabemos que no ha querido, pero, dentro de diez o veinte años, habremos olvidado que ésa fue su elección, tal vez distraída, despistada, pero consciente. Ahora cree que no será para siempre, que esto para él es un paréntesis. Puede que sí. El hecho es que, mientras

Giacomo, Enzo y yo estamos en plena competición, justo como quiere el capital, Filippo no lo está. Filippo se ha ido a nadar a la playa de poniente y ahora me voy yo también, lo alcanzo y nado junto a él. Seguro que está frente a las grutas de Nerón.

Biba se pone un bikini que ha encontrado en la casa y que seguramente pertenezca a Sara. Le queda un poco pequeño, pero no le disgusta. Se coloca el vestidito corto de algodón que metió ayer en la mochila para ir a Génova. Sale y se dirige hacia el Litoral de Poniente. Apenas son unos cientos de metros. Se tarda unos minutos en atravesar el barrio de los pescadores y llegar al paseo marítimo, con los antiguos chalecitos alineados frente al Tirreno; una infinidad de coches aparcados; las aceras de terrazo, cubiertas por una fina capa de arena; las fuentes para lavarse la arena de los pies y los restaurantes. Las vistas de la playa están obstaculizadas casi por completo. Los feos jardines que dan al mar, el restaurante Turcotto, el Faro. Baja las escalerillas que conducen a la cala de las grutas de Nerón.

Cuántas cosas, por todas partes, tantos bártulos... El socorrista cierra las sombrillas; nada de tumbonas.

Se quita el vestido, se queda en bikini, disfruta de las embestidas del aire, disfruta de estar casi desnuda, disfruta de la perspectiva de purificación que representa el baño, el nadar. Busca a Filippo. Camina unas decenas de metros y encuentra una toalla de mano extendida en la arena y las chanclas rojas, las bermudas cargo beige y la camiseta negra de Filippo amontonadas al lado. Lo atisba a lo lejos. Lo reconoce por su vigorosa brazada, por su respiración, perfectamente sincronizada, que se alterna a derecha e izquierda, cosa que ella nunca ha logrado. Nada lejos de la orilla, en paralelo a la playa, hacia el sol, que se está ocultando detrás de los restos de lo que en su día fue el Arco Muto, ya derrumbado. Como le recordaba Enzo, la mañana después de una noche de marejada, ya no estaba: un monumento natural típico de postal porque el sol poniente podía encuadrarse en el hueco del arco, consiguiendo un bonito efecto. Enzo decía que aquellas postalitas le encantaban y asqueaban a partes iguales: una porquería, decía, pero preciosas, no sé si me entiendes, sé que no me entiendes; capturaban perfectamente el espíritu del mar, que está ahí, banal, en esa puesta de sol reflejada en el agua. El sol del crepúsculo está haciendo lo mismo ahora.

Deja la bolsa con sus cosas junto a las de Filippo y se mete en el agua. Está caliente, más de lo que debería por culpa de los diques artificiales que protegen los restos de la villa de Nerón, los muros de ladrillos que se extienden por la playa, rojos a la luz del ocaso. Busca el ritmo de la brazada; lo encuentra a duras penas, está bajísima de forma; levanta la cabeza para divisar a Filippo y le parece avistarlo, pero está muy lejos. El sol está a punto de tocar la línea del horizonte. Biba se dirige mar adentro con la intención de alcanzarlo, está concentrada en la respiración, toma aire a la derecha de cada brazada, le cuesta más de lo que esperaba, jamás lo conseguirá, tendrá que regresar y esperarlo en la orilla. Deja de nadar, asustada por la falta de aliento. Hace el muerto.

Tarda poco en encontrar la postura de flotación y, tras conseguirlo, sumerge las orejas en el agua. Al principio el frío en el tímpano le molesta, pero luego se acostumbra. Lo único que oye es su respiración y el ronroneo de una fueraborda lejana. Se siente ingrávida y en condiciones de semiprivación sensorial. Su mente enseguida se libera de los pensamientos normales, los que la asedian y nos asedian a todos a cada instante de nuestra vida, algo que le pasa a quien flota en un mar templado, y a Biba se le ocurre imaginar que Filippo, un tritón con una larga y curvada cola de pez, se adentra en el mar y no vuelve más. Nunca lograría alcanzarlo. Él va a lugares de agua infinita donde yo me ahogaría. Y, además, no podría: el lunes por la tarde tengo una reunión con mis jefes por la cuestión de los fletes marítimos de Hamburgo. Tardaré toda la mañana en arreglar los papeles. A mi jefe le gusto. Sí. No cabe duda de que a mi jefe le gusto, piensa Biba, un poco asustada pero también halagada, excitada. Su mente reposa durante unos minutos en su cotidianidad laboral, en su carrera y en lo que hacer con la situación que se está creando con su jefe. Nunca en el trabajo, nunca con gente del trabajo. Pero un jefe es un jefe: tiene poder. Biba no es indiferente al poder, lo reconoce. Flota, serena, casi adormecida, con la imagen de Filippo alejándose a toda velocidad hacia el azul absoluto de las aguas profundas. El amor que hasta hacía poco sentía por él se difumina y casi desaparece. La brisa terral aún no se ha levantado; lo hará más tarde. Sopla un ligero viento de poniente que se está extinguiendo. El mar está casi plano. Siempre está ahí. Siempre lo ha estado.

Disparo de arma de fuego con proyectil único que impactó en la región orbital izquierda de la cabeza del individuo y salió a la altura del occipital izquierdo tras haber atravesado la cavidad craneal y dañado en su trayectoria la base, las estructuras encefálicas del lóbulo temporal izquierdo, el cerebelo y las estructuras del bulbo mesencéfalo. El proyectil, por tanto, siguió una trayectoria intracraneal de delante a atrás y de derecha a izquierda, con un ángulo de aproximadamente quince grados con respecto a la sección sagital del cuerpo, y de arriba abajo, con una inclinación de aproximadamente diez grados con respecto a un plano horizontal que pasara por los cóndilos occipitales (sin implicar flexiones del raquis cervical ni rotaciones de éste).

Roma-Diafani, 2013-2022

ÍNDICE

OTROS TÍTULOS DE ESTA COLECCIÓN:

Francesco Pecoraro
LA AVENIDA

Desde su observatorio solitario en la séptima planta de un edificio de viviendas, el narrador sin nombre de *La avenida* radiografía la Ciudad de Dios, una metrópoli decadente y moderna habitada por una nueva clase social, el Gran Relleno. También desde el Bar Porcacci observa la vida de los vecinos de aquel barrio paria (llamado la *Pequeña Rusia* durante los años del fascismo) que erigió, con olvidado heroísmo, la belleza de la ciudad eterna. Por último, este extraviado y lúcido hijo del siglo XX analiza su propio desencanto: aspirante a historiador del arte, funcionario propenso a las corruptelas, excomunista sin nostalgia.

Como ya hiciera en *La vida en tiempo de paz*, Francesco Pecoraro levanta un gran fresco del fin de una época, la nuestra. Su proyecto narrativo posee la ambición de los inventores de la novela moderna: *Auto de fe, Los sonámbulos, Berlin Alexanderplatz o Manhattan Transfer*. Su estilo acerado abarca la digresión filosófica, la escena satírica, la indagación sociológica. Y su Ciudad de Dios, una Roma que nos recuerda que no ha agotado su capacidad simbólica, se nos presenta como la gran metáfora de nuestro tiempo: con un futuro ya muerto que se desangra sin utopía.